Los amores de Nishino

Hiromi Kawakami (Tokio, 1958) estudió ciencias naturales y se dedicó a la enseñanza hasta la publicación de su primer libro de relatos, *Kamisama* (1994), por el que obtuvo el Premio Pascal. Desde entonces, se ha convertido en una de las escritoras más leídas y galardonadas del Japón, merecedora de premios como el Akutagawa en 1996, el Ito Sei y el Woman Writer's en el 2000 y el Tanizaki en 2001. En castellano se han publicado *Abandonarse a la pasión* (1999), *Algo que brilla como el mar* (2003), *El señor Nakano y las mujeres* (2005), *El cielo es azul, la tierra blanca* (2009, nominada al Man Asian Literary Prize y adaptada al cine con gran éxito), *Manazuru* (2013), *Vidas frágiles, noches oscuras* (2015), *Amores imperfectos* (2016) y *Los amores de Nishino* (2017). Su novela más reciente es *De pronto oigo la voz del agua* (2021).

Biblioteca
HIROMI KAWAKAMI

Los amores de Nishino

Traducción de
Gabriel Álvarez Martínez

DEBOLS!LLO

Título original: *Nishino Yukihiko no koi to bôken*

Primera edición en Debolsillo: junio, 2018
Primera impresión en Colombia: febrero, 2025

© 2003, Hiromi Kawakami
© 2017, 2018, Penguin Random House Grupo Editorial, S. A. U.
Travessera de Gràcia, 47-49. 08021 Barcelona
© 2017, Gabriel Álvarez Martínez, por la traducción
Fotografía de la cubierta: © Lovenenoso
© 2025, Penguin Random House Grupo Editorial, S. A. S.
Carrera 7ª No.75-51. Piso 7, Bogotá, D. C., Colombia
PBX: (57-601) 743-0700

Penguin Random House Grupo Editorial apoya la protección de la propiedad intelectual y el derecho de autor. El derecho de autor estimula la creatividad, defiende la diversidad en el ámbito de las ideas y el conocimiento, promueve la libre expresión y favorece una cultura viva. Gracias por comprar una edición autorizada de este libro y por respetar las leyes del derecho de autor al no reproducir, escanear ni distribuir ninguna parte de esta obra por ningún medio sin permiso previo y expreso. Al hacerlo está respaldando a los autores y permitiendo que PRHGE continúe publicando libros para todos los lectores. Por favor, tenga en cuenta que ninguna parte de este libro puede usarse ni reproducirse, de ninguna manera, con el propósito de entrenar tecnologías o sistemas de inteligencia artificial ni de minería de datos.

Impreso en Colombia-Printed in Colombia

ISBN: 978-628-7745-25-4

Impreso por Editorial Bolivar Impresores, S.A.S.

Parfait

Minami tenía siete años en aquella época.

Era una niña introvertida. Siempre estaba haciendo piezas de origami con sus finos dedos. Un piano. Una flor de campanilla. Un periquito. Una caja con pies. No se cansaba de hacer figuras, que guardaba delicadamente en una caja forrada con papeles de colores. Minami es la niña que di a luz siendo muy joven.

Cuando ella tenía siete años, yo aún no había llegado a la treintena y, a veces, me resultaba un incordio. Acto seguido, sentía una punzada en el corazón y la abrazaba con fuerza. Quizá fuese porque la conjugación de mi juventud y de aquella blandura indefensa de Minami, semejante a la de un bebé, conseguía espantar la sensación de fastidio. Cuando la abrazaba con fuerza, Minami siempre se quedaba quieta y callada. De pequeña, Minami era muy callada.

En aquella época, me había enamorado.

¿Qué demonios será el amor? Estaba enamorada de Nishino, un hombre que me sacaba doce años. Se había acostado conmigo en múltiples ocasiones.

La primera vez que me rodeó el hombro, guardé silencio igual que Minami y dejé que lo hiciera. Simplemente me callé y dejé que me abrazara, sin pensar si aquello era cariño o amor. Cada vez que nos veíamos, me sentía más dispuesta a estar junto a él, pero los sentimientos iniciales de Nishino nunca cambiaron.

¿Qué será el amor? Las personas tienen derecho a enamorarse de otros, no a que los demás las amen. Que yo estuviese enamorada de Nishino no significaba que Nishino tuviese que estar enamorado de mí. Aun sabiéndolo, me disgustaba que no me quisiera tanto como yo lo quería a él. Y como me disgustaba, cada vez lo necesitaba más y más.

Un día, Nishino me llamó cuando mi marido estaba en casa. Mi marido me pasó el teléfono en silencio. Lo hizo tan tranquilo, limitándose a decir: «Es de la aseguradora».

Yo cogí el aparato y, en voz baja, respondí escuetamente: «sí», «vale», «no», «de acuerdo». Al otro lado de la línea se oía la voz de Nishino que, imitando el tono de un empleado de una compañía de seguros, intercalaba a propósito frases como «quiero hacerte el amor ahora mismo», y yo me dije que a lo mejor aquel hombre en realidad no me gustaba.

Mientras atendía la llamada, mi marido permaneció a mi lado en silencio, echando un vistazo a unos papeles. Quizá lo supiera todo o quizá no. Durante los casi tres años que pasaron desde que conocí a Nishino, me enamoré de él y, poco a poco, fue poniendo distancia de por medio hasta que dejamos de llamarnos, mi marido jamás me hizo pregunta alguna.

Yo no dejaba de repetir «sí», «vale», «tiene razón», mientras observaba su pulcra nuca. Tras hablar durante unos minutos, Nishino colgó de repente.

Porque siempre era Nishino quien colgaba. Quizá no me gustase, pero estaba enamorada de él.

De vez en cuando iba a verlo con Minami. Él mismo me pedía que la llevase.

«Si tuviera un hijo, querría que fuera niña», solía decir. Nishino nunca se había casado. En aquella época ya debía de pasar de los cuarenta. Si bien era siete años mayor que mi esposo, no tenía ni una sola pizca de ese aire frío y sereno que poseía mi marido. Daba la impresión de que jamás encajaría en la sociedad, pero debía de ser un profesional muy competente; recuerdo haberme sorprendido cuando lo conocí y me entregó una tarjeta de presentación en la que figuraba un cargo importante.

Nishino siempre le traía regalitos a Minami. «Ábrelo», le decía, y Minami abría el envoltorio en silencio. Al desanudar el lazo rojo, se oía el roce de sus finos dedos sobre la tela.

Un elegante lapicero adornado con conchas rosadas. Un pisapapeles con forma de perro. Un bollo relleno de *anko* espolvoreado con semillas de amapola. Una cajita de música que cabía en la palma de la mano. Minami miraba los regalos sin cambiar apenas de gesto y siempre inclinaba un poco la cabeza en señal de agradecimiento. «Muchas gracias», decía en voz baja.

Nunca me preguntó quién era Nishino. Simplemente, me agarraba de la mano y me acompañaba en silencio, como una sombra. ¿Me asustaba que pudiera hablarle de Nishino a mi marido? ¿No estaría deseando, en el fondo, que, como por casualidad, Minami dejase caer el tema en casa?

Nishino nunca me abrazaba cuando la niña estaba conmigo. Siempre nos llevaba, eso sí, a un restaurante con terraza y, antes de que Minami abriera la boca, pedía un *parfait* de fresa para ella y, para nosotros, dos cafés calientes. Cuando no era temporada de fresas, lo pedía de plátano.

—Cualquier cosa menos un *parfait* de chocolate —sentenciaba Nishino, estirando la sílaba final de *parfait*, a lo cual Minami asentía extrañada con la cabeza. Igual que yo.

Mientras asentíamos con la cabeza, yo miraba a Minami y ella me miraba a mí. Lo hacía con aquellos ojos redondos de un blanco apagado y pupilas negras como el azabache. Yo arqueaba un poco las cejas y ella, con una tenue sonrisa, hacía lo propio.

Minami nunca se terminaba el postre. Aun así, Nishino siempre pedía *parfait* de fresa o plátano.

—Un *parfait* para la pequeña Minami, ¿vale? —decía en un tono algo más agudo que el de costumbre, y se quedaba con la mirada fija en el rostro cabizbajo de la niña.

Al salir del restaurante, siempre dábamos dos vueltas por el parque. Luego íbamos directos a la estación y nos despedíamos frente a los torniquetes. Los billetes nos los compraba Nishino. Uno de adulto y otro infantil. Siempre nos ponía a cada una su billete en la palma de la mano.

Después de pasar la barrera, me daba la vuelta y Nishino, sonriente, agitaba la mano desde el otro lado. Minami se dirigía recta hacia las escaleras sin volverse. Era también de ella de quien se estaba despidiendo, aunque Minami jamás hiciera ademán de girarse. Sacudía la mano hacia mí, hacia Minami y hacia el espacio que había entre ambas.

—Mamá, ¿no crees que Nishino era una persona un poco enigmática? —me dijo Minami en la primavera de sus quince años.

Nishino y yo nos vimos por última vez en invierno. Rompimos cuando Minami tenía diez años. Pese a no haberle explicado a mi hija que él y yo ya no volveríamos a vernos, jamás me había hecho ningún comentario.

Ahora que lo recuerdo, tras varios encuentros con Nishino, de pronto Minami empezó a hablar y a reírse en su presencia. Cuando se reía y se daba cuenta de que yo la estaba mirando, dejaba de hacerlo, como si le diera vergüenza. A continuación, siempre soltaba unos cuantos estornudos pequeños.

Esa primavera en la que Minami cumplió quince años, yo ya apenas pensaba en él. El eco de la palabra *Nishino,* que salió repentinamente de su boca, atrajo hacia mi corazón un montón de algo que no sé cómo explicar. Sentí, por primera vez en mucho tiempo, que un agujero se abría en mi vientre y se me escapaba el aire.

—Porque Nishino y tú erais amantes, ¿verdad? —me preguntó mirándome a los ojos.

Me pongo a pensarlo y no sé qué decir. De hecho, tampoco lo sabía cuando solía quedar con él. Dudaba ya de si habíamos estado enamorados, de si de verdad me gustaba o incluso de si realmente Nishino había existido.

—Siempre que me llamaba «la pequeña Minami», me sentía como cuando te manchas la palma de la mano con pintura oscura y, por mucho que la laves, no se quita —murmuró suavemente Minami, casi como si estuviera tatareando.

Desde el año anterior, más o menos, Minami había empezado a dar un estirón. Sus manos y sus piernas se hacían cada vez más largas. Células nuevas llenaban su cuerpo. El nuevo metabolismo era tan potente que parecía haber reemplazado todas sus células en pocos días.

—Me fastidiaba que, después de haberlo visto, siempre quedara esa especie de huella que dejaba su presencia.

—¿Huella?

—Era agridulce y me ponía un poco nostálgica.

—Minami, ¿por qué no vamos a tomar un *parfait*? —dije yo, imitando el modo de hablar de Nishino y alargando adrede la última sílaba. Ella se rio.

—¿Qué tal estará?

—Seguro que bien.

—Me alegré tanto cuando me regaló el pisapapeles con forma de perro...

Aun después de que rompiéramos Nishino y yo, Minami siguió usando cariñosamente el pisapapeles plateado. Le puso de nombre «Koro» y a veces lo abrillantaba con bicarbonato.

—Aquel bollo con semillas de amapola también estaba bueno.

Nishino tenía un don para elegir regalos. En una ocasión, también me obsequió a mí: un cascabelillo de plata. Cuando lo cogías y lo agitabas producía un tintineo diáfano.

Llévalo siempre contigo a partir de hoy, Natsumi, rio él. Así sabré enseguida dónde estás. ¿Y qué harás cuando lo sepas?, creo que le pregunté yo. ¿Huirás de mí, como el ratón que intentó colgarle un cascabel al gato? No, te atraparé. Para que no escapes, para saber dónde estás en todo momento, para que no huyas de mí.

Al oír esas palabras, me sonrojé ligeramente.

La siguiente vez que quedé con él, enganché el cascabel a una cadena y me la puse en la muñeca. Cuando hacíamos el amor, tintineaba suavemente. «No escaparás», me decía Nishino.

¿Dónde habrá ido a parar el cascabel? Recordé el modo que Nishino tenía de hacer el amor y, por un instante, sentí nostalgia. Sin embargo, me costaba recordar de qué modo estaba yo enamorada de él.

—Nishino decía que, cuando fueras mayor, le gustaría salir contigo.

—¿Qué clase de broma es esa? —exclamó Minami.

—Así era él.

—¿Un depravado?

—Una persona consentida, seguramente.

—¡Qué ridículo!

El tono de voz de Minami sonó melindroso, como el de una persona consentida. Ella no se daba cuenta, pero así sonó.

—¿A ti te gusta alguien, Minami?

—No —contestó ella casi de forma automática, y se levantó. Con cara de pocos amigos, subió las escaleras a zancadas, de dos en dos, y cerró con un golpe la puerta de su habitación.

¿Con qué ojos vería Minami a Nishino en aquel entonces? Mientras subía las escaleras, su cuerpo desprendía el dulce olor característico de esa edad. Tenía ganas de volver a oír la voz de Nishino. La Minami quinceañera que había despertado ese sentimiento me resultó un incordio, pero de una naturaleza distinta al que causaba cuando tenía siete años.

Minami cumplió los veinticinco.

Se había enamorado varias veces, aunque nunca me contaba nada. Amaba en silencio y en silencio dejaba de amar, como cuando, de pequeña, hacía calladamente aquellas figuras de origami.

Habían pasado unos quince años desde que Nishino y yo lo dejamos. Fue entonces cuando por fin logré recordar lo nuestro como es debido.

En esa época me venían a la cabeza su voz, su físico, sus palabras con una frecuencia inusual. Como si estuviera allí mismo. Con tanta frecuencia que en ocasiones incluso llegaba a pensar que quizá ya no estuviera vivo.

De hecho, a Nishino le gustaba soltar frases como: «Cuando vaya a morirme...». Las decía en un tono un tanto afectado. A veces, me sorprendía de que Minami tuviera casi la misma edad que yo tenía cuando salía con Nishino.

De vez en cuando, Nishino me decía: «Es que yo, en realidad, quiero casarme». «Si quieres casarte, hazlo», le respondía yo, y él me preguntaba: «¿Te casarías conmigo, Natsumi?».

Como sabía que no estaba hablando en serio, yo siempre negaba con la cabeza.

El tono alegre con que me respondía «¡qué sosa eres!» me partía el alma. Aunque fingía no darme cuenta, cuando salía con él presentía la sombra de muchas otras mujeres. Por eso, ese «en realidad quiero casarme» me resultaba tan cruel.

—Escucha, Natsumi, cuando vaya a morirme acudiré a tu lado —me dijo una vez.

—¿Eh?

—Cuando vaya a morirme, quiero que tú me veles.

—Eso se lo dirás a todas —respondí sin darle importancia, y Nishino, en un tono serio poco habitual en él, dijo:

—No es cierto.

—¡Mamá, hay alguien en el jardín! —gritó Minami.

Era viernes, pero Minami había pedido el día libre y estaba en casa desde la mañana. A veces se tomaba días de asueto sin ningún motivo en particular. Le pregunté qué pasaba y ella se quedó callada con una sonrisa en la cara.

Es Nishino, presentí yo.

El olor dulzón de la calabaza que acababa de empezar a hervir se había extendido por toda la cocina. La vieja nevera emitió un zumbido.

—Ve a ver, Minami —dije de pie frente al fregadero.

Se oyó cómo abría la puerta corredera que daba al jardín. Al instante, sonaron los pasos de unas sandalias de madera sobre las losas. El ruido cesó poco después. Se levantó una ráfaga de viento acompañada por el susurro de la hierba.

—¡Ven, mamá! —gritó Minami desde el jardín.

En el momento en que se oyó la voz de mi hija, la nevera comenzó a zumbar de nuevo.

—No voy a ir —respondí yo tranquilamente por la ventana de la cocina.

Eché un vistazo al jardín por la celosía.

Había una sombra que me recordaba a Nishino sentada en medio de las malas hierbas.

A través de esa sombra se transparentaba el paisaje. Estaba como mezclada con el tupido césped. Minami se había agachado y la miraba fijamente a la cara.

Aquella persona permanecía sentada bien erguida. Cuando vivía, Nishino no era tan tranquilo. Siempre se removía el pelo o parpadeaba, como si no se sintiera a gusto con el ambiente.

—¿Quieres agua? —preguntó Minami—. ¿Algo de beber?

La sombra asintió ligeramente con la cabeza.

Aunque Minami y la sombra de Nishino se hallaban lejos de mí, por algún motivo podía percibir claramente sus movimientos.

Abrí el grifo y llené de agua un vaso de cristal fino. Luego me acerqué despacio hasta la puerta corredera para que el agua no se derramase.

Minami me esperaba de pie sobre el camino de losas.

—¿Qué es eso? —preguntó Minami.

—Lo sabes perfectamente, Minami —respondí yo en un tono grave.

—¿Es... Nishino?

—Sí, o eso creo.

—¿Se ha muerto?

—Eso parece.

Minami y yo nos miramos en silencio a los ojos. La campanilla de viento tintineó. Nishino se estremeció sobre la hierba.

—¿No prefieres dársela tú, mamá? —me preguntó Minami mientras recibía el vaso en la mano.

—Dásela tú, Minami, haz el favor.

—Pero...

—Dásela.

Minami esbozó una mueca de descontento y se acercó a Nishino con un caminar brusco. El agua se agitó en el vaso y se derramó un poco. Mi hija le entregó el vaso y se acuclilló a su lado. Nishino lo cogió con ambas manos y bebió con educación.

—Dice que quiere más —Minami regresó y colocó el vaso vacío en mi mano y se quedó mirándome enfadada—. Mamá, ¿por qué no vas tú?

Una pequeña libélula revoloteaba entre las espigas del césped y las flores de persicaria. Nishino estaba sentado, mirando hacia mí. Su boca se movía, pero yo no oía lo que estaba diciendo. Fui a la cocina y llené otro vaso de agua.

—Mamá, ¿a qué ha venido Nishino? —me preguntó Minami. Me quedé callada y simplemente hice un gesto negativo con la cabeza.

Tras apurar el segundo vaso de agua, Nishino se tumbó en el suelo. Minami sacó del desván una vieja tumbona, la plantó junto a Nishino, se quitó las sandalias y se sentó. De vez en cuando intercambiaba alguna palabra con él.

—Le pregunto a qué ha venido, pero no quiere responderme —dijo Minami con un suspiro, mirándome desde la tumbona.

—Solía decir que vendría —contesté yo parca, sentada en la galería exterior.

Nishino cerró los ojos y, tumbado, se puso a tatarear. Lo que sentía por él cuando estaba enamorada resurgió con fuerza en mi interior. Se le habían encanecido las sienes y formado arrugas alrededor de los ojos y la boca. Era el rostro de alguien que ha sobrepasado la cincuentena hace tiempo.

—Nishino —lo llamé por primera vez.

Él no paraba de tatarear aquella canción. Debía de ser *La canción de la playa*. Minami le hizo los coros: «De mañana, caminando sin rumbo...». Yo, sentada en la galería, los acompañé en voz baja.

De mañana, caminando sin rumbo por la playa, rememoro con nostalgia las cosas del pasado.

—Nishino, ahora mismo esa canción te va que ni pintada —al dirigirme de nuevo a él, esta vez esforzándome por sonar alegre, se incorporó bruscamente y se rio.

—He venido, Natsumi —dijo con una voz clara, mientras me llamaba con la mano para que me acercara.

—Ya veo —dije yo allí parada de pie, sin responder a su invitación.

—Te lo había prometido. Te prometí que vendría.

Reconocí su modo de hablar. Un tono peculiar, un poco afectado.

Minami se abrazaba las rodillas sobre la tumbona, con una expresión de asombro.

—¿Tuviste una hija? —le pregunté desde la distancia.

—Nunca llegué a casarme.

Libélulas y mariposas revoloteaban por todas partes. Alguna se posó en los hombros y en los brazos de Minami. Una ligera brisa hacía sonar la campanilla de viento.

—¡Qué guapa estás, Minami! —Nishino entornó los ojos—. Al final no he podido cumplir la promesa de salir contigo.

—Es que nunca me lo prometiste —dijo Minami enfurruñada.

—¡Con lo que me habría gustado tener una cita contigo, en vez de ir solo a tomar un *parfait*! —alargó, como siempre, la última sílaba de la palabra.

—Nishino, en realidad a mí no me gustaban los *parfaits* —dijo Minami en un tono travieso.

—Ya lo sabía —Nishino estiró el brazo y acarició el brazo desnudo de Minami. Las libélulas y las mariposas que se habían posado sobre ella alzaron el vuelo a la vez.

—Nishino —al llamarlo suavemente por su nombre, él volvió a sentarse recto y me tendió la mano.

—Ven, Natsumi —me miró con ojos de cachorro.

—Ya no. Ya no necesito seguir acudiendo a tu lado —contesté con tranquilidad.

—Ven, Natsumi, te extraño.

—Yo también te extraño.

—Minami no se parece a ti. Ella es guapa, pero tú eres una belleza —dijo él, cambiando de tono.

Nishino siempre había sido así. Minami se rio entre dientes.

—Es que los ojos son de mi padre; la nariz, de mi madre, y la boca, de mi abuela —susurró ella como si estuviera recitando un poema.

—Mamá, no te quedes ahí, ven aquí, ¿no ves que Nishino se va a marchar en cualquier momento?

Las frondosas hojas de las hortensias se agitaron en un murmullo sincronizado con la voz de Minami. Bajé descalza al jardín. Las piedrecillas se me pegaban a la planta del pie. Unos frutos silvestres me rozaron las pantorrillas.

—¿Cómo está tu marido? —preguntó Nishino, correctamente sentado sobre las rodillas.

—Pasando los días, sin más.

—Eso es lo que importa —dijo él, y en ese mismo instante Minami estornudó.

—¡Ha venido a verla del más allá y se ponen los dos a hablar de cosas triviales! —dijo mientras soltaba otros tres estornudos.

—No me puedo creer que hayas venido —dije al tiempo que me acercaba a él y apoyaba mi mejilla contra la suya.

—Aquí estoy, como te prometí.

—¿Tan cumplidor eras?

—Carnalmente no, pero sí de espíritu.

—Nunca cambiarás —dije yo, y le besé la mejilla. Nishino parecía a punto de llorar, pero no lo hizo.

—Quiero que me entierres en este jardín —dijo en tono serio.

—Ni hablar —y a Minami se le escapó una risilla sofocada.

—Ya, lo suponía.

Es suficiente, Nishino. Hablé para mis adentros. Me basta con que hayas venido.

—¡Ya lo tengo! Al menos hazme una tumba —dijo Nishino con el mismo tono con que solía pedir sus *parfaits*.

—¿Una tumba? —preguntó Minami sorprendida.

—Me conformo con cualquier cosa. Como cuando entierras a un pececillo de colores muerto.

Lo miré a la cara y tenía el mismo gesto de niño regañado por su madre que solía poner cuando estaba vivo.

—De acuerdo —contesté, y lo abracé con ternura.

Nishino se quedó en el jardín hasta poco antes de la puesta de sol.

Yo había regresado a la cocina y estaba friendo la cena. Minami permaneció sentada todo el rato al lado de Nishino. Mientras me deshacía del aceite usado, la oí gritar.

Se ha ido, pensé.

Al cabo de un rato, Minami vino a la cocina y, con la mirada fija en el suelo, susurró:

—Se ha marchado.

Se ha marchado, sí, contesté en mi interior, y busqué un sacaclavos en el fondo del cajón. Luego saqué los manojos de fideos de la gran caja de madera que usaba para guardarlos y arranqué los clavos de las cuatro esquinas. Desmonté la caja y coloqué la tabla rectangular más pequeña sobre la encimera. Cogí el set de caligrafía que Minami usaba cuando estaba en secundaria, froté con agua la barra de tinta china y, con un pincel grueso, escribí: «Aquí yace Nishino».

Salí al jardín y clavé la tablilla al lado de las tumbas del gato y de los peces de colores.

Me gustabas de veras, Nishino. Hablándole en mi corazón, me acuclillé y junté las palmas de las manos. Minami también se puso en cuclillas conmigo.

Permanecimos un rato con los ojos cerrados y las palmas juntas. Luego, alzamos la cabeza a la vez.

—Deberíamos ir a tomar un *parfait* un día de estos —le dije a Minami mientras me incorporaba. Ella asintió en silencio.

Las libélulas y las mariposas también se habían marchado. En alguna parte, a lo lejos, resonó el tintineo de un cascabel.

Entre la hierba

Catorce velas fueron las que enterré.

Cavé la tierra húmeda con una pequeña pala de jardinería un poco oxidada.

Si, desde la entrada del descampado, una se abría paso durante una media hora entre la maleza que medraba a sus anchas, aquella maleza que en verano casi me llegaba a la espalda, alcanzaba los árboles al fondo del terreno. Magnolios. Y alcanforeros. Esas son las dos únicas especies que conozco. El resto no sé qué clase de árboles serán, ignoro sus nombres, pero varios tipos de árbol de los que, llegado el otoño, caían unas bellotas pequeñitas extendían sus ramas hacia el cielo, arrimados los unos a los otros.

Allí donde nacían los árboles, la maleza se desperdigaba un poco. Fue en esa zona donde cavé la tierra con la pala. Al pie de un alcanforero. Tumbé las catorce velas, cortas y finas, en el agujero, a unos diez centímetros de profundidad. Luego las cubrí con la tierra que había extraído. Una vez quedaron tapadas, allané la tierra, me levanté y la pisé con la suela de los zapatos.

Seguí pisoteando hasta que desapareció cualquier indicio de que allí hubiese habido un agujero, de que hubiera enterrado velas en él. Me aparté un poco hacia atrás y miré la tierra batida. La superficie estaba ligeramente revuelta.

«Mmm...», dije, y agarré la cartera del colegio, que había dejado entre la maleza. Guardé la pala en una bolsa de plástico y la metí en la cartera. Salí del descampado abriéndome paso entre la maleza. Por todas partes se oía el canto de los insectos otoñales. Caminé sin parar hasta llegar a casa.

Ayer cumplí los catorce. Las velas eran las que me habían puesto en la tarta de cumpleaños. Anoche las apagué de un soplido. En cuanto las apagué, mi padre comenzó a aplaudir. Luego él y yo nos repartimos el pastel y nos lo comimos en silencio. Nos llenamos los carrillos con aquellos pétalos de rosa hechos de crema de mantequilla.

—Está bueno, ¿eh? —dije yo, y mi padre, alzando un poco las comisuras de los labios, asintió con la cabeza. En realidad, no estaba nada bueno.

Era la quinta vez que celebraba mi cumpleaños a solas con mi padre. La semana anterior a mi décimo cumpleaños, mi madre nos abandonó. A la semana siguiente, celebré mi cumpleaños con mi padre, los dos solos, por vez primera. La tarta que me compró resultó ser mucho más tosca que la que siempre me traía mi madre. La suya tenía el bizcocho mucho más esponjoso y estaba recubierta de chocolate con un montón de nata montada. Por algún motivo, siempre llevaba clavadas tres velas y no tantas como años cumplía. Cada año, mi madre cogía el tren e iba a encargarla a una pastelería concreta de la ciudad.

Mi padre nunca me dio explicaciones de por qué se había marchado mamá. Desde entonces, jamás mencionó una palabra sobre ella. Pero un día a Namiko, mi abuela paterna, se le fue la lengua y me enteré de que mi madre se había fugado con otro hombre.

No le conté a mi padre que lo sabía, naturalmente. Tanto para él como para mí, era como si ella ya no existiese. Desde aquel día. Para siempre.

Conocía aquel descampado desde hacía tiempo. La arboleda del fondo era un nido de ciervos volantes. Durante los primeros cursos de primaria, al llegar las vacaciones, los niños se levantaban temprano para ir a cazar los insectos alados. Yo me mezclaba con ellos e intentaba atrapar ciervos pequeños. En aquel entonces, había muchos descampados alrededor de mi casa, y en el que enterré las velas no era más que uno entre tantos.

En los últimos años han empezado a construir cada vez más casas y estas parcelas han ido mermando. El número de escarabajos y ciervos volantes se ha reducido drásticamente. Aquel era el único terreno que quedaba de tales dimensiones.

Al poco tiempo de empezar la secundaria, comencé a frecuentar el descampado en el camino de vuelta a casa, y era raro encontrarse a alguien por allí. Los escolares de primaria ya no jugaban en descampados. Era un terreno solitario donde tan solo los saltamontes brincaban de vez en cuando.

Lo primero que enterré en aquel lugar fue a Tara, un pez de color.

Tara vivía en la pecera que teníamos en el recibidor. Antes de él, tuve otros dos peces que pesqué en una barraca de una feria de barrio.

Tanto al carpín dorado como al pececillo rojo los había atrapado en uno de esos puestos para niños que hay en las ferias. Cargué con la bolsa de plástico en la que me habían metido los dos pececillos y, de camino a casa, nos acercamos a una tienda de mascotas y mi madre me compró una pecera redonda. Era de color azul cielo clarito y tenía el borde ondulado.

A uno lo llamé A-suke y al otro B-maru, y les daba de comer todos los días. A-suke era el carpín dorado y B-maru, el pez rojo. Los nombres se los pusimos entre mi madre y yo.

Pero ambos tuvieron una vida corta. Quizá los cebé demasiado. O quizá ya venían en malas condiciones del tanque de la barraca de feria. Uno después del otro, sus vientres aparecieron flotando en la superficie de la pecera: A-suke al tercer día y B-maru al cuarto día de haberlos pescado.

La tercera y la cuarta noche lloré a lágrima viva. La mañana del quinto día, tenía los ojos tan hinchados como los del carpín dorado y mi padre me dijo: «Se te nota en la cara que los peces de colores te han echado una maldición, Shiori». Yo le grité que era tonto, y mi madre me llamó la atención. Qué era eso de llamarle tonto a un padre.

Aquel día, al volver del colegio, me encontré nadando en la pecera del recibidor un pez más grande que A-suke y B-maru.

—¿Qué es ese pez que hay en la entrada? —le pregunté a mi madre, al tiempo que entraba disparada en la cocina.

Ella me respondió en tono serio:

—Lo he comprado en la tienda de mascotas.

De haber sido papá, me habría respondido algo así como: «A-suke y B-maru te quieren tanto que se han fusionado y han bajado del paraíso».

—¿Crees que esta vez sobrevivirá? —le pregunté, y mi madre, tras pensárselo un rato, contestó:

—No lo sé, pero le pedí al señor de la tienda que me diera uno lo más sano posible, así que seguramente vivirá mucho tiempo. Pero no te garantizo nada, ¿eh?

—Ojalá viva mucho —dije yo, y mamá asintió.

Como era rojo y del tamaño del *tarako**, mi madre le puso de nombre Tara.

Tara se murió un año después de que mi madre se hubiera ido. Habían pasado poco más de dos años desde que lo compramos. Como me daba repelús enterrarlo en el jardín, lo llevé al descampado y lo enterré allí. Cerca de la entrada del terreno, con la misma pala con que enterré después las velas.

El otoño se acercaba a su fin y la maleza se había vuelto más rala. Mientras manejaba la pala, susurré varias veces: «Que descanses en paz, Tara». Me disgustaba pronunciar su nombre, porque me recordaba a mi madre. Pero él no tenía la culpa de que lo hubieran llamado así.

No sé si dos años y pico es una vida larga para un pez de color.

Desde que di sepultura a Tara, he enterrado diversas cosas en el descampado.

---

* Huevas saladas de abadejo de Alaska. *Tara* significa, además, «bacalao». *(N. del T.)*

Once velas. Un anillo de juguete. El peine de madera de boj que estaba guardado en el tocador de mi madre. Doce velas. Comprimidos para el dolor. Trece velas. Una figurita de una rana. Una taza desconchada.

Algunos objetos guardaban relación con mi madre y otros no. Recuerdo, en todos los casos, qué enterré en cada lugar.

A la semana siguiente de haber enterrado las catorce velas, recibí una carta.

Las clases habían terminado, y cuando abrí el casillero para recoger los zapatos me encontré un sobre rectangular blanco. No estaba hecho de ese papel duro al tacto de color marrón, verde o rosado que solíamos utilizar las niñas de mi clase, sino que era un sobre formal, como los que usan los adultos.

En el anverso ponía: «Para Shiori Yamagata», en vertical y escrito con rotulador negro.

En el reverso venía el nombre del remitente: «Tōru Tanabe».

No me sonaban ni el nombre ni la letra. Aunque las únicas letras que conozco son las de los profesores que escriben en el encerado y las de Tōko y Chie, con quienes comparto libretas de apuntes. Los caracteres de «Para Shiori Yamagata» estaban escritos en grande, recalcados.

Tras guardar el sobre en la cartera, me fui al descampado.

El verano ya había llegado a su fin, pero el terreno seguía colmado de hierba. Me senté en la misma piedra de siempre, al lado de un magnolio, y abrí la carta.

Para Shiori Yamagata:
Perdona que te mande esta carta así de repente.
Soy Tōru Tanabe, de 2.º C.
Todavía no hemos coincidido en la misma clase, pero te conozco desde poco después de la ceremonia de apertura del curso.
¿Te gustaría venir al cine conmigo un día de estos?
Yo participo en el club extraescolar de ciencias.
Soy radioaficionado. Es mi hobby.
Como pensé que si te invitaba así sin más te asustarías, primero te he escrito esta carta.
Si no te parece mal, la próxima vez lo haré en persona.
Muchas gracias.
Tōru Tanabe

Toda la carta estaba escrita con tinta negra, excepto el nombre inicial «Shiori Yamagata» y el final «Tōru Tanabe», que estaban escritos con tinta azul. Releí la carta tres veces, preguntándome si habría añadido los nombres *a posteriori*.

Yo no soy de las que se quedan prendadas de los chicos. Por ejemplo, no cambio de «novio» cada equis semanas, como Chie, ni tengo a un Kitabayashi que me lleve siempre en bicicleta al volver del colegio, como Tōko. Sí que he ido al parque de atracciones o al cine con algún niño, pero con ninguno hubo nada serio. Quedábamos una o dos veces y ya está.

Yo misma sé que soy seca. En realidad, no sé qué gracia le ven a estar con chicos. Puedo comprender a Chie, que se divierte con muchos. Pero me resulta imposible entender a Tōko, que se ha decantado por Kitabayashi y siempre está con él.

—Lo entenderás cuando encuentres a uno que te guste —me decía Tōko.

—Será eso —respondía yo, aunque de algún modo sentía que jamás llegaría a ser como ella.

El camino que Tōko había elegido pasaba por estar enamorada de un solo hombre, casarse, tener hijos y que esos hijos le diesen nietos para al fin morir apaciblemente rodeada de toda la prole. A lo mejor mi camino era otro diferente. El amor y los niños podrían surgir en algún momento, pero quizá lo harían de una forma extraña e inesperada o, simplemente, no lo harían.

—¡En qué cosas piensas, Shiori, si no estás más que en segundo de secundaria! —se reía Tōko.

—Tampoco somos tan simples como tú te crees —decía Chie con gesto un poco enfadado.

Volví a plegar la carta de Tōru Tanabe tal como estaba al principio y la guardé en el sobre blanco. Me había gustado bastante. Si viniese a invitarme, aceptaría sin dudarlo. Pero me daba pereza pensar en lo que venía después.

Quizá iríamos una o dos veces al cine, tomaríamos un refresco, iríamos a un salón recreativo. Puede que diésemos un lento paseo por algún lugar agradable a la orilla de un río. Pero nada más.

Para mí, el perfil de Tōru o de algún otro chico todavía por conocer resultaba más difuso que cualquier brizna de hierba que creciese en el descampado. Dejando escapar un suspiro, me levanté.

A Nishino me lo encontré en el descampado un lunes, el día después de haber ido con Tōru Tanabe al cine.

Nishino llevaba en mi clase desde primero. No llamaba demasiado la atención. Estaba dentro de la media, tanto en estatura como en notas. Debía de ser miembro del club de tenis o quizá del de béisbol. No lo recuerdo.

En una ocasión nos abrazamos. Con «abrazarnos» no me refiero a que nos abrazáramos porque nos gustásemos. Durante los preparativos del festival cultural del colegio, una escalerilla estuvo a punto de caerme encima y Nishino se metió en medio para pararla con la espalda, lo cual dio pie a que acabásemos abrazados. El resto de la clase se puso eléctrico, pero no pasó nada más. Su aliento era cálido y no me disgustó que me abrazase. Aunque solo duró un instante.

Nishino estaba a solas con una mujer, ambos sentados en mi piedra, al lado del magnolio. No una chica, sino una mujer. Una mujer de piel blanca y cabello corto.

Dejé escapar un «¡ah!». No por el hecho de que estuvieran sentados en la piedra que yo solía usar, ni porque él estuviera a solas con una mujer.

Fue porque la mujer que acompañaba a Nishino era idéntica a mi madre.

Al escuchar mi voz, Nishino y la mujer giraron lentamente la cabeza. Sus movimientos se sincronizaban a la perfección. Eran como dos marionetas manipuladas a la vez por un titiritero.

Visto de frente, el rostro de la mujer no se parecía en nada al de mi madre.

—¡Hombre, si es Yamagata! —dijo Nishino. No sonó en absoluto sorprendido.

—¿Es una amiga tuya? —preguntó la mujer volviéndose hacia Nishino tras mirarme y sonreír.

—Una compañera de clase —contestó él con desgana.

Era cierto que era una compañera de clase, pero me molestó. ¿No había otra forma mejor de decirlo? ¿Se cuela con todo descaro en mi descampado y encima me despacha como una simple «compañera de clase»?

—¿Qué haces aquí? —pregunté en el tono más frío que pude.

—Nada —dijo Nishino, y se levantó. La mujer lo siguió. Sus movimientos se acompasaron con tanta belleza como cuando se habían girado hacia mí.

—Me marcho —dijo en tono pausado la mujer, y sus dedos tocaron con suavidad el hombro de Nishino.

El gesto fue tan sutil que ni siquiera estaba claro si realmente lo había tocado. Pero mis ojos vieron cómo los dedos de la mujer trazaban una estela de un blanco inmaculado en el aire. Esa estela pasó rozando el hombro de Nishino para, a continuación, transformarse en una bella imagen residual.

—¡Hasta luego! —dijo la mujer, y tras darse la vuelta salió del descampado y se marchó.

Nishino y yo nos quedamos allí quietos, acompañando a la mujer con la mirada.

—¿Vives por esta zona? —le pregunté.

Como Nishino permanecía de pie, yo también me quedé allí plantada. Estuvimos así quietos durante unos minutos, o tal vez fuesen segundos.

—No —contestó sin más. Tenía una horrible voz de adulto. Nada que ver con las voces de niño de Tōru Tanabe y los demás. Sin duda había oído su voz anteriormente en clase, pero en esos instantes no lograba recordar cómo era. Aquella era, en cualquier caso, la primera vez que me sonaba así.

—¿Vienes... aquí... a menudo?

Nishino no respondió. No lo hizo aposta: era como si mi voz no hubiese alcanzado sus oídos. Caminé a grandes zancadas hasta la piedra de siempre, la del magnolio, la piedra que habían ocupado la mujer y él hasta hacía un rato, y me senté toscamente. Nishino observaba absorto mis movimientos.

—¿Tú vives por aquí, Yamagata? —me preguntó al cabo de un rato. Su voz había cambiado. No era la misma que la de antes. Era ambigua, entre la de un niño y un adulto, como la de un chico normal y corriente de segundo de secundaria al que empieza a mudarle la voz.

—Ahí al lado —le respondí, y Nishino se sentó sobre la hierba. Los almorejos quedaron aplastados debajo de él. Era la zona en la que había enterrado el peine de madera de boj.

Sentí un escalofrío. El peine medio podrido en la oscuridad, debajo de Nishino. No era miedo, no era alegría, no era disgusto, no era tristeza. Era un escalofrío en el que se entremezclaban diversas sensaciones.

Unas libélulas revoloteaban por la zona. Las miré, y habían aumentado en número. Al volver a mirar, habían disminuido. Y, de pronto, aumentaron otra vez.

—Me voy —dijo de repente Nishino mientras se levantaba. Tenía unas cuantas briznas de hierba pegadas al pantalón del uniforme.

—Adiós —le dije sentada en la piedra.

—Adiós —dijo Nishino.

Y, con las briznas de hierba pegadas, se marchó.

Al día siguiente, me lo encontré en clase, pero nuestras miradas no se cruzaron. Como es natural, tampoco nos hablamos. Prácticamente nunca había hablado con Nishino en el aula.

La verdad es que a Tōko, antes de empezar a salir con Kitabayashi, le gustaba un poco Nishino. Hablaba constantemente de él. Nishino, en cambio, no parecía demasiado interesado en ella. Chie siempre se reía de Tōko: «Pero ¿qué le ves a Nishino?». Yo notaba en el tono de Chie una pizca de amargura. A veces sospechaba que quizá a ella también le gustaba Nishino, pero nunca lo dije en voz alta.

Al poco tiempo, Tōko empezó a salir con Kitabayashi y dejamos de sacar a colación lo de Nishino.

Aquel día seguí con el rabillo del ojo cada movimiento que Nishino hacía. Apenas hablaba con nadie. Aunque se metiera en un círculo de chicos, se limitaba a asentir o resoplar, pero nunca decía una palabra por iniciativa propia. Cuando todos se reían, él también lo hacía; si le preguntaban algo, respondía de la manera más escueta posible.

Lo extraño era que, a pesar de no hablar, no resultaba antipático. Daba la impresión de que sus interlocutores pensaban que un asentimiento suyo de cabeza equivalía a diez palabras.

A su alrededor flotaba una misteriosa aura. Un aura de la que carecía el resto de chicos de la clase. Yo tenía la sensación de que aquella aura, por más que intentaras empujarla y adentrarte en ella, no tenía fin. Cuanto más intentabas apartarla, más te adentrabas en ella. Nunca llegabas a alcanzar a Nishino, que estaba al otro lado. Sin embargo, era suave, cálida y muy agradable. De pronto tenías la falsa sensación de que aquella aura era el propio Nishino.

Con Tōru Tanabe acabé yendo al cine por tercera vez a visionar una película. «Visionar películas» era como lo llamaba Tanabe. A mí tampoco me disgustaba esa manera de decirlo.

En nuestra primera cita, tras ir al cine nos tomamos un refresco en una cafetería, nos acercamos a una librería y, después de que Tanabe me mostrase la revista para radioaficionados que se compraba todos los meses, nos marchamos. En la segunda cita, tras ir al cine, tomamos un café en una cafetería, nos acercamos a la tienda de maquetas de trenes y Tanabe me enseñó el modelo que estaba pensando montar en ese momento. Al parecer, él prefería las de escala H0. Yo no tenía ni idea de esas cosas. En la tercera cita, visionamos una película, como él solía decir.

—Normalmente a las chicas los chavales como yo os parecemos aburridos, ¿verdad? —me dijo Tanabe en la segunda cita.

Como a mí no me lo parecía en absoluto, le devolví la pregunta:

—¿Tú crees?

—Eso parece —contestó Tanabe, y dio un tirón a la mochila que llevaba cargada al hombro. Siempre llevaba una mochila grande de color marrón. Pesaba un montón. Una vez me dejó agarrarla y me sorprendió.

Alrededor de Tōru Tanabe no había esa aura que flotaba en torno a Nishino. Alrededor de Tanabe flotaba un aire fresco como una mañana en la meseta.

—Los aparatos de un radioaficionado deben de ser caros —le dije en la segunda cita.

—Lo son —contestó Tanabe.

—Qué suerte que te los compren en casa, ¿no? —dije yo, y Tanabe sonrió.

—Los heredo de mi hermano —me explicó.

El hermano de Tanabe cursaba un máster en arquitectura.

—¿Tú qué quieres ser de mayor, Yamagata?

Me lo pensé un rato, pero no conseguí hacerme ninguna imagen sobre mi futuro. No había nada que quisiera hacer o que quisiera ser.

Al verme callada, Tanabe se rascó la coronilla.

—¿Ves?, todas dicen que soy aburrido porque pregunto esa clase de cosas —dijo, y me miró desde la cabeza que me sacaba. Tōru Tanabe era alto.

—No es eso. Lo que pasa es que no se me ocurre nada —contesté.

Tanabe entornó los ojos y me dijo:

—Qué buena eres, Yamagata —justo después, se puso colorado.

Tōru Tanabe me estaba malinterpretando. Simplemente no se me había ocurrido nada, de verdad. No había nada que quisiera hacer. Lo que sí había era un montón de cosas que no quería hacer: maltratar animales, sentir envidia de la felicidad ajena, llevar el pelo muy corto, obedecer órdenes absurdas, ponerme vestidos de tonos pálidos. Y muchas más.

Después de ir al cine por tercera vez y tomarnos un té en una cafetería, Tōru Tanabe y yo no nos acercamos a una librería ni a una tienda de maquetas, sino a un parque. Tanabe se puso a silbar mientras caminaba. Yo aceleraba el paso para seguirle el ritmo, porque él, aparte de caminar rápido, tenía las piernas más largas.

Al llegar a las proximidades de una fuente, Tanabe dejó de silbar. Al lado había una pequeña arboleda. Tanabe tomó la delantera y se adentró en ella. Yo lo seguí al trote.

Se detuvo en una zona medio tapada por los árboles. Como yo iba corriendo y él se detuvo de golpe, estuve a punto de chocar contra su espalda. Se dio la vuelta y me miró a la cara. Tenía perlas de sudor en la frente.

—¿Puedo besarte? —me preguntó.

—¿Cómo? —contesté, aunque de algún modo ya me lo esperaba. Lo había previsto, pero no sabía qué hacer. No sabía si quería besarlo o no.

Como no dije nada más, Tōru Tanabe se agachó y me levantó el mentón.

—No —dije de manera espontánea.

Al instante, Tanabe apartó los dedos de mi mentón y dijo «lo siento» en voz baja.

—Soy yo la que lo siente —respondí, y me apresuré a ofrecerle la cara. Cerré los ojos y esperé a que me besara.

Esperé y esperé, pero Tanabe no me besó. Al entreabrir los ojos, él miraba hacia la fuente.

—Perdóname —repetí, y abrí los ojos del todo.

—No me pidas perdón —dijo Tanabe, dándome unas palmaditas en la espalda.

—Me he apresurado demasiado —dijo Tōru Tanabe, una vez salimos de en medio de la arboleda. Acto seguido, se rio con cara de haber metido la pata.

—No, no es eso —contesté con gesto serio, pero inmediatamente después me eché a reír con él—. Bueno, quizá un poco —añadí entre risas.

Caminamos uno al lado del otro por el sendero del parque de camino a casa. Tanabe me preguntó si me importaba que me cogiera de la mano, y yo acepté. Él aflojó el paso. Pude dejar de caminar aprisa y hacerlo a un ritmo normal.

Tōru Tanabe me acompañó hasta casa.

—Adiós. Hasta pronto —le dije, y él me sonrió.

—Hasta pronto.

Mientras miraba cómo se alejaba desde la puerta de mi casa, me pregunté a mí misma si realmente me gustaba. Me gustaba Tōru Tanabe. Pero no sabía si algún día me gustaría besarme con él.

Me entraron ganas como de llorar. Pensé en el momento en que Tanabe me preguntó qué quería ser de mayor y recordé el resto de cosas que no quería hacer.

Yo no quería hacerme adulta. Lo que más temía era crecer y, sin darme cuenta, convertirme en una adulta idéntica a mi madre.

Por primera vez en mucho tiempo fui al descampado.

Desde que me había encontrado con Nishino y aquella mujer, me había alejado de la parcela durante una temporada. No quería reconocer que era porque no me apetecía verlos juntos, pero algo en el fondo de mi corazón me decía que ese era el motivo.

Al día siguiente de haber quedado por tercera vez con Tōru Tanabe, fui al descampado.

La maleza había mermado un poco. El otoño se acercaba a su mitad. Las hojas de los arces todavía no habían empezado a enrojecer, pero ya había bellotas tiradas por el suelo. Las libélulas desaparecieron y, entre la hierba, se oía el tenue canto de los insectos.

En vez de sentarme en la piedra de siempre, al lado del magnolio, lo hice más al fondo, en un tocón alrededor del cual había muchas bellotas desparramadas. Al pie de ese tocón estaba enterrada la figurita de la rana. Había pertenecido a mi madre desde antes de casarse. Un día me confesó a escondidas que se la había regalado un antiguo novio. Era una figurita de ágata que cabía en la palma de la mano.

Algún tiempo después de que mi madre nos hubiera abandonado, mi padre se deshizo de sus posesiones, pero de vez en cuando seguían apareciendo cosas en los sitios más insospechados. La figura de la rana estaba escondida al fondo de un estante lleno de álbumes de fotos. Cuando la encontré, probé a colocarla sobre la palma de la mano. El ágata era fría al tacto. Enseguida me llevé la rana al descampado y la enterré con sumo cuidado.

Esperé sentada en el tocón. Tenía la impresión de que Nishino vendría. Era muy probable que, desde el día en que se encontraron conmigo, Nishino y la mujer hubieran vuelto en varias ocasiones. Yo sabía que a ellos les traía sin cuidado el que yo estuviera o no. Lo sabía no porque alguien me lo hubiera dicho, sino simplemente porque se lo noté ese día.

Tras esperar un rato, Nishino y la mujer aparecieron. Se sentaron en silencio en la piedra al lado del magnolio. Yo los observaba, conteniendo el aliento.

Los dos hablaban mirándose a los ojos. No tenía pinta de ser una conversación trascendental. No necesitaban palabras trascendentales. Podían comunicarse satisfactoriamente intercambiando tan solo suspiros.

Los insectos chirriaban. Yo me había convertido en una más de las hierbas que crecían en el descampado. Una hierba que se mecía lentamente con el viento y prestaba oídos a todos los murmullos que llenaban aquel terreno.

La mujer rozó el brazo de Nishino con un gesto sutil. Igual que la última vez, tuve la impresión de que producía una estela blanquísima. Una estela trazada de un tirón entre la hierba. Acto seguido, condujo el brazo de Nishino hacia su blusa. Él se dejó llevar y desabrochó los botones uno a uno empezando por arriba. Emergió un sostén blanco. Tenía los pechos grandes y redondos. Unos pechos exuberantes que no encajaban con aquellos rasgos tristones.

—Toma —creí oír, aunque quizá fueron imaginaciones mías.

Nishino le desabrochó el sostén. En el momento en que se liberaron de la prenda, los pechos de la mujer ocuparon el espacio que los rodeaba. Se derramaron en el vacío.

—Me duelen —dijo ella. Ahora sí se oyó con claridad.

La mujer se pellizcó la punta de un pecho con los dedos y un chorro de líquido blanco salió despedido. Nishino miraba el líquido blanco en silencio. Ella volvió a apretarse varias veces los pechos con los dedos. Varios hilos blancos salieron proyectados de sus pezones, como el agua de una ducha.

—Me duelen. Chupa —dijo la mujer.

Nishino se inclinó despacio y acercó los labios a una teta. Sus mejillas se ahuecaron y la chupó con toda el alma. El perfil de su rostro era hermoso. Tenía un aire mucho más infantil que de costumbre. Así es como maman los bebés, pensé. La mujer mantenía los ojos cerrados. No mostraba ninguna expresión, tan solo tenía los ojos cerrados.

Al acabar de chupar una teta, Nishino acercó la cara a la otra. Cuando hubo terminado, se apartó y le preguntó a la mujer:

—¿Ya está?

Ella asintió con la cabeza, se puso el sostén y se abotonó la blusa.

—Gracias —dijo la mujer. A continuación se levantó y se marchó del descampado.

Nishino no la siguió, sino que se quedó sentado en la piedra al lado del magnolio. Yo también permanecí sentada en el tocón. El día comenzaba a caer y la penumbra lo teñía todo. Cuando me di cuenta, las lágrimas me humedecían las mejillas.

Sentí un escalofrío. Uno distinto al que había experimentado el día que Nishino se sentó sobre el peine de boj.

Había sido bonito. ¡Qué bello había sido ver a Nishino acercar su rostro a la teta de la mujer y chuparla con toda su alma! Todo era hermoso: la mujer, Nishino, el aura que los rodeaba. De pronto, creo que me puse a llorar en voz alta. Debía de llorar a lágrima viva, con más fuerza que los insectos que cantaban entre el herbazal, como cuando murieron A-suke y B-maru. Nishino estaba de pie a mi lado.

—Yamagata —dijo. Era la voz de un estudiante de segundo de secundaria, no la de un adulto—. Yamagata, estás dando un espectáculo bochornoso —dijo Nishino.

Yo intentaba parar de llorar, pero me costaba.

Nishino estuvo allí plantado sin decir nada hasta que dejé de llorar por completo.

—Es mi hermana —me explicó.

Me contó tranquilamente que era unos doce años mayor que él y hacía pocos días había perdido un bebé de seis meses.

Era su primer bebé. Justo después del funeral, su hermana estuvo postrada en cama. Le había afectado mentalmente. No podía quedarse sola en casa. Se moría de la ansiedad si no tenía a alguien siempre a su lado.

A pesar de estar en cama, a pesar de la ansiedad, su pecho no dejaba de producir leche. Cada vez que pensaba en el bebé fallecido, rezumaba leche. Salir de casa la ayudaba a controlar la ansiedad. El contemplar la hierba, los árboles, la tierra, le devolvía la calma.

—Cuando recobra la calma, siempre susurra que se quiere morir —dijo. Yo alcé la cara sorprendida. Nishino tenía una expresión sosegada.

—Pero... —dije yo, y Nishino negó con la cabeza.

—Dice que mientras pueda afirmar eso es porque todavía hay esperanza.

Cuando el sufrimiento la embargaba, era incapaz de decir nada. Distintos pensamientos se agolpaban dentro de su cuerpo y la pena se volvía insufrible, como cuando las tetas se le hinchaban tanto que apenas aguantaba el dolor. Mientras las palabras saliesen de su boca, como la leche que chorreaba de sus pechos, la congoja amainaría y sentiría cierto alivio.

—Se nota que quieres a tu hermana, ¿eh? —dije en voz baja.

—Me da pena —contestó Nishino. Lo hizo mirando a lo lejos.

¿Dónde está el marido de tu hermana?, quise preguntarle, pero fui incapaz. El aura que envolvía a Nishino y su hermana era un poco distinta de la que envuelve a dos enamorados, pero también era claramente distinta a la de dos parientes carnales.

—¿Estás saliendo con Tanabe, Yamagata? —me preguntó de repente Nishino.

—Ah, sí —contesté. Aunque no estaba claro si estaba «saliendo» o no con Tōru Tanabe, por alguna razón asentí.

—Vaya —dijo Nishino—. Es una pena. Es que me gustas un poco.

—¿Eh?

En cuanto lo miré a la cara, Nishino puso los dedos en mi mentón y, alzando mi rostro con mil veces más maña que Tanabe, me besó.

Los labios de Nishino se abrieron y su saliva fluyó en mi boca. Sabía dulce. Debía de ser el sabor de la leche. O quizá fuese el sabor del propio Nishino. Sin pensarlo, rodeé con mis brazos su cintura y me abracé a él con fuerza.

Nos besamos durante un largo rato. Seguimos besándonos durante muchísimo tiempo. Nishino pensando en alguien que no era yo; yo pensando en otras cosas y no en él.

En medio de la hierba, mientras recibía en la boca toda aquella saliva de Nishino, rememoré los objetos que había enterrado en el descampado hasta la fecha.

Aquel beso con Nishino fue estupendo. Mejor que todo lo que había conocido. Y al mismo tiempo fue un beso triste. Más triste que cualquier otro momento que hubiese vivido hasta entonces.

Mientras nos besábamos, me dije que jamás volvería al descampado a enterrar nada. Le dejaría claro a mi padre que no quería más tartas de cumpleaños. Un día iría al encuentro de mi madre. En lo sucesivo, ya no le tendría miedo a crecer.

El beso de Nishino fue el beso que me hizo aceptar todo lo que conllevaban mis catorce años y, al mismo tiempo, negarlo todo. Seguimos besándonos como locos.

—Gracias, Nishino —le dije al terminar de besarnos.

—Mmm —asintió él—. Oye, deja a Tanabe y sal conmigo.

—¿Cómo? —dije sorprendida, y al mirarlo a la cara se levantó avergonzado y dio un puntapié a la hierba medio marchita—. Dudo que estés tan enamorado de mí, Nishino —le dije.

—Eso no es cierto.

—Es que... —escudriñé su rostro. Nishino apartó un poco la mirada.

—Alguien como tú no pinta nada con Tanabe —susurró.

—¿Ah, no? ¿Y contigo pintaría algo? —le devolví la pregunta—. Eres un creído, Nishino.

—¡Bah! —dijo él.

Volvió a sentarse a mi lado. Durante un rato nos dimos la mano. La manera de agarrarnos fue completamente distinta a cuando lo hice con Tōru Tanabe. La mano de Tōru me pareció una criatura extraña llegada de un lugar lejano. Era un primer encuentro con algo grande, caliente y un tanto aterrador. La mano de Nishino, en cambio, no me resultaba ajena. Cuando me di cuenta, ya no sabía dónde empezaba mi mano y dónde la suya.

—Voy a seguir saliendo con Tōru Tanabe —le dije.

—¡Puf! —contestó Nishino, decepcionado.

—Salgo con él porque Tanabe es distinto a mí —insistí de nuevo.

—Vale, vale, me ha quedado claro —contestó Nishino entre risas. Yo también me reí.

Nos levantamos a la vez. Tanto en el pantalón de su uniforme como en mi falda había briznas de hierba pegadas.

Poco después, el otoño llegó a su término y, cuando me di cuenta, ya estaba allí el invierno. El aire se volvió helado.

Por décima vez, visioné una película con Tōru Tanabe. La novena, habíamos tomado un café en una cafetería y, en el parque de siempre, por aquel entonces parada obligatoria de todas nuestras citas, Tanabe y yo consumamos nuestro primer beso. Dado que Tanabe se había mostrado tremendamente distante desde el primer encuentro, me reconcomía la preocupación de cuándo nos besaríamos. Desde que me había besado con Nishino, Tōru Tanabe me gustaba cada vez más. En distintos sentidos.

En clase seguía sin comunicarme con Nishino. Como había dejado de ir al descampado, apenas tenía ocasión de hablar con él.

A veces coincidíamos en el camino de vuelta a casa y yo le preguntaba por su hermana.

—Está un poco mejor —me respondía él. Contestaba del mismo modo que cuando estaba en el aula. El mínimo imprescindible de palabras.

El tiempo pasaba. Ese invierno decidí cortarme el pelo muy cortito. Como se lo cortaba siempre mi madre. De ella había heredado aquel pelo fino y poco voluminoso que cubría mi pequeña cabeza. Un día de esos le contaría a Tanabe lo de mi madre. De paso le contaría lo de Tara, el pez de color, y las tartas de cumpleaños con crema de mantequilla. ¿Qué cara pondría él al escucharme?

Entrado el invierno, transformaron el descampado en un solar y lo pusieron a la venta. De cuando en cuando, en medio de la tenue luz invernal, pensaba en Nishino. Una vez nos graduásemos de secundaria, seguramente jamás volveríamos a vernos, pero no cabía duda de que, en diversas etapas de mi vida, volvería a acordarme de él.

Las pequeñas briznas de hierba pegadas a su pantalón. Los objetos que había enterrado en el descampado. La piedra al lado del magnolio. El tacto de la tierra húmeda al cavarla. Y aquel extraño beso de sabor dulce a leche.

Sin duda, algún día recordaría vívidamente lo que experimentamos entre la hierba a los catorce años, ese momento entre la madurez y la infancia.

Buenas noches

Yukihiko era violento.

Puede que la gente se sorprenda de que le llame violento. Y es que a ningún hombre le pega tan poco como a Yukihiko la palabra *violento*.

Cabello abundante. Mentón anguloso, pero no demasiado protuberante. Ojazos negros. Las comisuras de los labios siempre alzadas.

Yukihiko jamás subía el tono de voz. Cuando me llamaba por mi nombre, «Manami», lo hacía con dulzura. Siempre sonreía. Su boca se volvía risueña en el momento en que nuestras miradas se encontraban. La suavidad de la piel bajo la barbilla. El tacto áspero cuando acariciaba aquella barba de pocos días.

Se mirase por donde se mirase, Yukihiko era impecable.

En la empresa, igual: un empleado leal. Un compañero con quien podías hablar sin reservas. Un colega al que querrías llevarte de copas. Yukihiko cumplía en todo. Su impecabilidad era tal que casi resultaba insulso.

Pero Yukihiko era violento.

No porque la primera vez que me besó fuese en la oscuridad de una sala de reuniones cerrada. Tampoco porque después de esos besos impetuosos me empujase de cintura para arriba sobre la mesa de la sala y me desabrochase despacio la blusa. Ni por haber acariciado con primor mi piel desnuda, inmutable ante la posibilidad de que alguien entrara en cualquier momento. Ni porque a pesar de repetirle que parase, a cada vez él me contestara tranquilamente que no lo haría.

Jamás dejé entrever que me gustara. Yo era la subdirectora del departamento al que pertenecía Yukihiko. La subdirectora Manami Enomoto y su empleado Yukihiko Nishino. Le llevaba tres años. Había entrado en la empresa cinco años antes que él. Jamás habíamos quedado los dos a solas, ni le había hecho la menor insinuación. En varias ocasiones habíamos salido juntos de la oficina por negocios. Cogíamos el tren (si era necesario, el autobús), despachábamos las citas que teníamos, volvíamos a coger el tren (si era necesario, el autobús) y regresábamos. Todo se terminaba una vez entregados el informe y las cuentas; en eso consistía.

Pero a mí Yukihiko me había gustado desde el primer momento. Siempre que lo sentía pasando por detrás de mi silla, me venía a la cabeza la expresión «mezclar lo personal y lo profesional». Mi objetivo era triunfar en mi profesión, de modo que procuraba no enamorarme dentro de la empresa. Sin embargo, Yukihiko empezó a gustarme desde el instante en que lo destinaron a mi departamento.

¿Empezó a gustarme? Una expresión tan tibia no es suficiente. Debería usar palabras menos prosaicas como *delirio* o *fervoroso*. Caí en un fervoroso delirio por Yukihiko. Desde el momento en que lo vi.

Y él lo sabía. Lo sabía y no fingía no saberlo. Pese a ser consciente de que yo no quería que lo supiera.

Había adivinado que yo lo amaba en silencio y que de algún modo intentaba enterrar ese amor en mi interior, pero no me dio tregua. No me permitió erradicarlo.

Fue en mayo cuando me besó a oscuras en la sala de reuniones. Habían pasado un año y un mes desde que nos conocimos. Durante ese año y ese mes, había estado enamorada de él y me había esforzado por anular ese sentimiento. Yukihiko siempre me miraba con indiferencia. Cuanto más intentaba anularlo, mayor era el deseo que albergaba.

Ese mes de mayo, Yukihiko me hizo suya como si fuera lo más fácil del mundo. Como el coleccionista que extiende las alas de una mariposa y la fija con alfileres a una caja. Como quien prepara delicadamente un muestrario con un insecto ya atrapado y muerto. Porque a mí ya me había atrapado. Sin siquiera habernos tocado. Sin siquiera habernos mirado.

Si me lo hubieran dicho antes de conocerlo, me habría reído. «¿Qué tontería estás diciendo? Una no se enamora sin haber conocido suficientemente a alguien. Además, ya tengo mis años. No estoy yo para romances juveniles. Los adultos, cuando se atraen, se aproximan, notan la presencia del otro, se huelen, intercambian palabras y se tantean.» Eso habría dicho entre risas. Pero ahora ya no soy capaz de reírme. Es un amor estúpido. Un amor semejante a una bestia herida y acurrucada, que está paralizada y no se puede mover. Yukihiko se adueñó de mí, me dejó herida de amor, como si fuera lo más fácil del mundo, sin armas arrojadizas, sin garras ni colmillos. ¿Cuánto pude haber temblado en ese momento? Un temblor que brotaba de mis entrañas, que emergía por la alegría de saberme atrapada por Yukihiko.

Cuando me tocó por primera vez, con calma pero con decisión, resultó francamente violento. El resuello contenido, la ternura de sus gestos, la suavidad de su voz no lograron ocultar su violencia. Porque las bestias que se abaten sobre sus presas siempre son violentas. Las criaturas grandes se abaten sobre las criaturas más pequeñas con movimientos refinados, sin malgastar energías. Cuanto más refinadas y eficientes, más violentas son.

«Manami.» Yukihiko me llamó por mi nombre en la penumbra de la sala de reuniones. En aquella oscuridad de persianas bajadas. Yo no contesté. Me impactó que Yukihiko supiera mi nombre de pila, cuando hasta entonces siempre me había llamado por mi apellido, «Enomoto». Me impactó recordar que yo tenía un nombre. Me impactó el hecho de que mi nombre, en boca de Yukihiko por primera vez, hubiera empezado a derretirse dulcemente. El cielo despejado que había al otro lado de la ventana atravesó mi mente. Yukihiko me tumbó sobre la mesa de la sala de reuniones. Para, murmuré yo. Lo repetí varias veces. Yukihiko selló mi voz con su refinada violencia. Me hizo suya por completo.

Mi cuerpo, mi cabeza, mi alma, todo eso era mío. Pero desde aquel día, aun siendo yo, todo mi ser le pertenecía. Desde aquel mes de mayo, un año y un mes después de haberlo conocido. A pesar de que, en realidad, es impensable que una persona pueda pertenecer a otra. Y, sin embargo, anhelaba ser suya. Había decidido que sería suya.

Al salir de la sala, no nos encontramos a nadie en el pasillo. Yukihiko el precavido. Mis mejillas estaban ligeramente encendidas. Él llevaba la camisa impoluta, la corbata impecable, y aparentaba total serenidad. Nos separamos: yo a la izquierda, él a la derecha. Yukihiko pulsó el botón y se quedó plantado frente al ascensor. Yo abrí la puerta de acceso a las escaleras de emergencia y bajé por las escaleras metálicas. Al llegar al piso de abajo, apoyé las mejillas contra la puerta de acero. Aquella puerta gruesa y fría. Lloré un poco. Luego me toqué el pelo, comprobé que no estaba revuelto, sequé suavemente con un pañuelo la estela de lágrimas que llegaba hasta el mentón y parpadeé unas cuantas veces. Empujé la puerta de acero y me eché a caminar, pisando la moqueta beis con los zapatos de tacón.

Yukihiko no estaba en la planta. Pasé por detrás del director del departamento, que tenía la vista puesta en unos documentos, y solté un suspiro de alivio. No entendía cómo era posible que estuviese respirando. Tampoco me explicaba cómo podía estar allí de pie. El cielo de mayo era claro y yo me había convertido en un ser inexplicable. Volví a mi escritorio y me llevé a la boca un caramelo de menta. Luego retomé tranquilamente mi trabajo.

Una vez, conocí a una antigua novia suya.
«¡Kanoko!», la llamó él. Yo me enfadé. ¿Por qué la llamaba por el nombre de pila delante de mí? A un antiguo amor, así, en ese tono tan amistoso.

«Hola, encantada»: esas fueron las palabras que salieron de mi boca a pesar de mi enfado.

Unos días antes, Yukihiko me había dicho que Kanoko le había propuesto que fuéramos a cenar los tres juntos. Al preguntarle quién era esa tal Kanoko, Yukihiko me contestó: «Una amiga», al mismo tiempo que me tocaba el culo. «Los culos femeninos están frescos. Es un placer tocarlos, me encantan», dijo Yukihiko en un tono desenfadado. «El tuyo está igual de fresco, seguro que también sentirás placer tocándotelo», respondí yo, y Yukihiko se rio entre dientes. Yo también me reí. Pero mientras me reía estaba elucubrando, preocupada sobre la tal Kanoko.

«Manami, ¿qué es lo que te atrae de Yukihiko?», preguntó Kanoko. Será víbora. Mi cabreo fue a más, aunque, exteriormente, mi rostro, más cabreado que antes, sonreía cohibido.

Yukihiko se comportaba de un modo distendido. El menú, satisfactorio. Alcohol en dosis moderadas. Una conversación inofensiva. Poco a poco, fue anocheciendo. Daba la impresión de que Kanoko me miraba por encima del hombro. ¿Esta mujer es la novia de Yukihiko? ¡Qué muermo! Apenas intentaba disimular que era así como pensaba. Yo me comporté como una adulta (una adulta con tres años más de sensatez que ellos dos), bebí con una sonrisa en la cara y, usando una lustrosa cuchara plateada, disfruté del sorbete de pera que nos sirvieron de postre.

Cuando por fin nos despedimos de Kanoko, le di la espalda a Yukihiko y me eché a andar a paso ligero.

—¿Qué te pasa, Manami? —me preguntó mientras me perseguía.

Yo seguí caminando sin hacerle caso. Con paso vigoroso, como un mamut pisando un manto de hielo.

—¿Estás enfadada? —ni caso—. Pero ¿por qué? —ni caso.

Al final, Yukihiko se coló delante de mí y me detuvo abrazándome. Yo forcejeé. Yukihiko se apartó de mí al momento.

—¿Por qué me haces quedar con una antigua novia tuya? —le grité, y Yukihiko abrió un poco la boca.

—¿Te has dado cuenta?
—¿Cómo no iba a darme cuenta?
—Pero ¿por qué?
—Lo raro sería que no me diera cuenta.
—¿En serio?
—¡Lerdo!
—Lerdo...
—¡No tienes ni una pizca de delicadeza!
—No tengo delicadeza...
—¡Eres como un niño pequeño!
—Un niño pequeño...

Yukihiko repetía todo lo que yo decía con una sincera expresión de asombro. Poco a poco, me fui quedando sin fuerzas. Me agaché y empecé a sollozar. Después de llorar un rato, Yukihiko me levantó el mentón y me besó. Dos, tres veces, besos suaves como ondulaciones en el mar. Yo seguí sollozando apoyada en él.

—Lo siento —me dijo Yukihiko.

Yo asentí con la cabeza, sin parar de llorar.

Lo siento, volvió a decirme. Me agarré a él. Ahora parezco la típica «chica mona», pensé, y me aferré a él. Odiaba a las chicas monas. No quería ser una chica mona. A partir de entonces, se acabaría lo de llamar por teléfono a Yukihiko por iniciativa propia.

Tomé esa decisión al darme cuenta de que me había convertido en una chica mona. Dado que me había convertido en una chica mona, necesitaba marcarme a mí misma unos límites. Calladamente, decidí que eso es lo que haría.

Fue entonces cuando Yukihiko se enamoró de mí.

Aunque hubiésemos empezado a vernos a solas y yo me quedara a dormir en su casa (jamás dejaba que él se quedara en mi piso, por el mismo motivo por el que había dejado de llamarlo por teléfono), él no me quería en realidad. Lo intuía de algún modo. Yukihiko estaba simple y llanamente en la luna. Tan llanamente que si una no se fijaba bien, era imposible saber si estaba o no en la luna.

Era como el autómata de un reloj.

¿En qué barrio fue? Debió de ser la vez que fuimos al cine. Era primavera y yo llevaba la chaqueta de manga larga colgada del brazo. Desde la ventana del tren al que me había subido para acudir al lugar de la cita, se veían las flores amarillas del nabo silvestre y otras flores púrpuras que crecían en abundancia a la orilla de la vía. Uno al lado del otro, Yukihiko y yo caminamos hasta la sala de cine. El asfalto caliente se mecía.

Era mediodía. La persona que caminaba delante de nosotros se detuvo de pronto y miró al cielo. Una pareja que avanzaba en diagonal con respecto a nosotros también miró en aquella dirección. Yukihiko y yo nos detuvimos. Una nube flotaba en lo alto.

—Ahí arriba no hay nada —dije yo, pero Yukihiko señaló la azotea de los grandes almacenes frente a nosotros.

—Es ahí.

En la dirección hacia la que apuntaba había un reloj de autómatas. Varias figuras empezaron a salir y entrar. Sonó una melodía divertida y un tanto melancólica. Se oyeron unos carillones. Todos los viandantes se habían parado a mirar.

—Si fuera posible, me gustaría ser la figura de la rana —dije.

Cuando el reloj terminó de sonar y la gente que lo estaba viendo reemprendió su camino, Yukihiko y yo nos quedamos quietos, de la mano. La figura de la rana había aparecido por la zona de la esfera donde estaba marcado el número cuatro. Tras salir, se quedó inmóvil un rato y luego dio lentamente una vuelta sobre sí misma. Como si hiciera la voltereta. Inmediatamente después, se retiró al interior.

—¿Por qué la rana, cuando podrías ser la princesa, el príncipe o cualquier otra figura? —me preguntó Yukihiko.

—No lo sé, pero me siento una rana.

—Ya.

Ese «ya» fue su única respuesta. A continuación, vimos una película (una con drama, acción y final feliz, como le gustan a Yukihiko), tomamos un té, dimos un paseo y, al anochecer, cenamos curry (él dice que podría comer curry para desayunar, almorzar y cenar durante varios días seguidos), nos tomamos una cerveza y, entre tanto, él estuvo reflexionando todo el rato.

—La pregunta que te hice antes no estaba bien planteada —dijo de repente. Habíamos terminado de comer el curry y acabábamos de pedir pollo picante, una ensalada de huevo y cerveza—. Yo no te quería preguntar por qué la rana, sino por qué un autómata. Lo cierto es que me da igual que sea una rana, una princesa o un príncipe.

No supe qué contestarle. Me había olvidado de por qué había dicho que quería ser la figura de la rana. Pero Yukihiko me miraba tan serio que intenté hacer memoria a toda costa.

—Pues... es que los autómatas por lo general están quietos en un lugar oscuro —empecé a explicar al fin.

—Sí —asintió dócilmente Yukihiko.

—Por otra parte, solo salen una vez cada hora, ¿no?

—Sí.

—Y cuando salen, están alegres, se ponen a bailar y a cantar, ¿no?

—Sí.

—Y al final vuelven a ese lugar oscuro, ¿no?

—Sí.

—Repiten eternamente lo mismo hasta que se estropean, ¿no?

—Sí —respondió Yukihiko con el ceño un poco fruncido. Cogió un trozo del pollo picante que acababan de traernos y lo mordió.

—Fin.

—Sí —dijo Yukihiko. Luego estuvo un rato masticando el pollo en silencio. A continuación se comió prácticamente todo el huevo que había en la ensalada (a Yukihiko le gustaba el huevo en todas sus variantes: cocido, revuelto, en tortilla japonesa, en tortilla francesa, frito, crudo). Apuró de un trago la poca cerveza que le quedaba, se puso colorado y, frunciendo el ceño, dijo—: ¡Será posible!

Ahora Yukihiko se había enamorado de mí.

Me di cuenta al instante. Lo vi claro.

—¿Qué es lo que será posible? —le pregunté, pero Yukihiko no respondió. No fue capaz de contestar. Yukihiko, el que nunca se había enamorado de verdad de una chica. Yukihiko el miedoso. Sí, Yukihiko era un aprensivo.

Pese a que trataba a las mujeres con tanto refinamiento. Pese a que podía llegar a ser tan violento. A pesar de todo ello, Yukihiko tenía miedo.

¿A qué?

Quizá a todo lo que tuviera que ver con las palabras «para siempre». Quizá a lo que desprendía ese tenue olor que hay en el cálido aliento de las personas. Quizá a las cosas húmedas y fragantes que nos dan el cielo, el agua que corre y la tierra.

Yukihiko tenía miedo de esas cosas y de las mujeres vinculadas a esas cosas y por eso nunca se enamoraba de ellas. No quiero decir que lo hubiera intentado y no hubiese sido capaz, sino que, de forma natural, ese sentimiento estaba fuera de su alcance. Carecía de él.

Pero ahora se había enamorado de mí.

—Vámonos —dijo tranquilamente.

Acto seguido, se puso de pie, dejando como estaban el plato del pollo picante, del que habían sobrado dos trozos, y los restos de ensalada de lechuga, champiñones, rúcula y nueces. Pagó la cuenta en la barra, me acompañó hasta la estación más cercana y se marchó andando. Rumbo a la noche. Hacia las calles nocturnas. Hacia aquel aire sólido que no intentaba acogerlo en su seno (ese aire duro, muy duro, donde más a gusto solía sentirse).

¿Durante cuánto tiempo sintió Yukihiko esa inclinación hacia mí?

—No sé qué hacer cuando tú no estás, Manami —me decía. No parecía precisamente feliz. El gesto de turbación era sincero.

—Yo siempre estaré a tu lado —respondía yo.
—Eso es imposible.
—Físicamente, claro que es imposible.
—¿No vas a envejecer?
—¿Cómo no voy a envejecer?
—¿No vas a adelgazar ni a engordar?
—Seguro que engordaré, de aquí a diez años.
—¿Me aceptarás siempre, en todo momento?
—No soy la Virgen María, ni nadie por el estilo.
—¿Querrás hacer el amor conmigo siempre?
—Depende del momento.
—Con «depende del momento», ¿quieres decir que no podremos hacerlo siempre?
—Es que, dependiendo del momento, pueden pasar muchas cosas.
—¿Te hartarás de mí?
—Quién sabe.
—¿Me hartaré yo de ti?
—Eres un pelma —le decía, y le tiraba un cojín. O lo empujaba. O le servía té.

Yukihiko se volvió un verdadero pelma. A veces. En la época en que se sintió inclinado hacia mí.

—¿Será que te amo, Manami? —solía preguntarme.

—Júzgalo por ti mismo.

—Cuando intento juzgarlo por mí mismo, me entra miedo.

En Yukihiko siempre había un punto de torpeza. Eso pese a lo desenfadados que resultaban su comportamiento, sus palabras, sus actos. Era desenfadado, impecable, fantástico. Y sin embargo, dentro de su cuerpo había ese punto de torpeza.

—Yo soy torpe por naturaleza —Yukihiko dejó escapar un suspiro.

—¿Por naturaleza?

—Sí, por naturaleza. Creo que una parte de mi cerebro, o una parte de mi riñón o hígado, es artificial.

—¿En serio? —le pregunté, y él asintió con la cabeza.

—En casa, mi padre, mi madre, mi hermana, todos me mimaban. Incluso en exceso. Seguro que les daba pena porque soy un ser artificial —dijo Yukihiko en tono serio.

—¿Qué tiene de malo ser artificial? —murmuré mientras le acariciaba el pelo.

Yukihiko sacudió la cabeza.

—No es bueno.

—Qué más da, a mí me encanta que seas artificial.

—No, no es bueno.

—¿Por qué?

—Porque, al ser artificial, un día dejarás de gustarme.

—¿Ah, sí?

—Sí, al final los seres artificiales nunca se mezclan con personas de verdad.

No estoy segura, pero creo que le contesté que no dijese esas cosas. Aunque tú no me quieras, me basta con quererte. Creo que eso fue lo que le dije después. Yukihiko esbozó un gesto de desesperanza. Siento asco de mí mismo por hacerte decir esas cosas, dijo, y me abrazó. Das asco, sí, pensé. Y yo también lo doy.

Nos abrazamos. Con ternura. Como el agua. Pero sin convertirnos en agua.

Estábamos inquietos. Estábamos extasiados. Estábamos desesperados. Éramos ligeros. Empezábamos a amarnos. Pero fracasábamos en el intento y nos quedábamos a las puertas del amor.

Luego, Yukihiko se hartó de mí.

Me duele tener que usar esa palabra, pero no hay otra que encaje mejor.

Yukihiko se hartó de mí.

—Me gustan los buñuelos rellenos de *anko* —en el momento en que Yukihiko dijo eso, lo supe.

—A mí no me hacen demasiada gracia —contesté. Yukihiko estaba leyendo una revista, apoyado contra el cabecero de la cama. Yo me había sentado en la alfombra y veía una película de sesión nocturna, sin prestar demasiada atención. Era una película triste en blanco y negro. De ese tipo de películas que a Yukihiko no le gustaban demasiado. Una película de la que Yukihiko habría dicho: «A esta película le faltan baile y acción».

De pronto, Yukihiko había vuelto a ser desenfadado. Estaba simple y llanamente en la luna, como de costumbre. Se había hartado de mí.

—¿Y qué te parece el *melon-pan**?

—Me resulta un poco triste.

Mientras respondía, me soné la nariz. Me habían caído un par de lágrimas. Me di cuenta de que Yukihiko ya no sentía esa inclinación hacia mí y entré en pánico. Pero a lo mejor todavía estaba a tiempo. No era momento de echarse a llorar. Quizá todavía estuviera a tiempo. ¿A tiempo? ¿Pero a tiempo de qué?

—Manami —dijo Yukihiko. Su tono era calmado.

No me apetecía escuchar lo que tenía que decirme. Manami, quiero dejarlo. Manami, este domingo no voy a poder quedar. Manami, he perdido el interés por ti. Quería taparme los oídos. Pero me limité a volverme lentamente hacia él y sonreír.

—¿Qué?

—¿Qué me dices del pan de curry? ¿A que no es triste?

—Tienes razón —contesté con una sonrisa en los labios (aquellos bollos de pan con sabor a curry que tanto le gustaban a Yukihiko. Mi adorado Yukihiko. Ese Yukihiko a quien yo había dejado de gustar).

Él todavía no sabía que se había hartado de mí. Pues no voy a ser yo quien se lo diga, pensé. A lo mejor solo es una impresión mía (había un resquicio de esperanza).

—¿Por qué lloras? —me preguntó. Sin darme cuenta, por despiste, me había echado a llorar abiertamente.

—Por la película, que es triste.

---

* Bollo blando y dulce típico de Japón. *(N. del T.)*

—No sé qué necesidad hay de ver películas tristes —dijo Yukihiko con despreocupación y volvió a sus lecturas.

Yo me soné una vez más la nariz. Después ya no volví a llorar. Cuando miré a Yukihiko, se había quedado dormido. La revista abierta descansaba sobre su pecho. Despiértate, Yukihiko. Aún no te has tomado los comprimidos de vitamina B1, vitamina C (Yukihiko creía que los suplementos específicos eran más eficaces que los comprimidos multivitamínicos) y el extracto de *ginkgo* que siempre te tomas antes de dormir. Cuando lo sacudí, Yukihiko refunfuñó. Le toqué el brazo. Estaba mucho más musculado de lo que parecía a simple vista.

Mientras le tocaba el brazo dije para mis adentros: «Pobre Yukihiko». Por algún motivo no sentí pena por mí misma. Solo por Yukihiko. Y eso que él estaba a punto de abandonarme. A punto de marcharse de mi lado. Me preocupaba qué sería de él cuando me abandonase, cuando se marchase de mi lado. Pura pena y tristeza.

Por más que intentara despertarlo, Yukihiko no abría los ojos, así que me tomé el extracto de *ginkgo* y un comprimido multivitamínico (yo creo que los multivitamínicos también son eficaces). Apagué la luz y me colé a su lado. Tras darle un beso en la frente, cerré los ojos.

—¿Por qué cambia la gente? —dijo Yukihiko.
Afuera llovía. El tiempo ideal.
¡Ahí viene!, me dije, y solté un suspiro. Inmediatamente después, un curioso espíritu combativo

brotó de mi interior. Un espíritu combativo o quizá una sensación de plenitud.

—Será porque cambiar es humano —dije yo, y Yukihiko respondió con un resoplido de nariz:

—Manami, eso es demasiado obvio.

—Natural, soy una soltera de treinta y tres años jefa de un tipo que se comporta como si todo fuera obvio.

Es cierto, ya habían pasado tres años desde que conocí a Yukihiko. Me sorprendí. No sabría decir si tres años eran mucho o poco tiempo.

Yukihiko se quedó mirando la lluvia. Las gotas eran gruesas. Gotas típicas de principios de primavera.

—Yo te quiero, Manami —dijo.

—Pero vas a dejarme, ¿verdad?

Yukihiko me lanzó una mirada penetrante. Sus pómulos estaban tensos. Parecía que no había previsto esa respuesta.

—Me vas a dejar, ¿verdad? —repetí yo.

—Manami —Yukihiko estaba visiblemente sorprendido. Yo me sorprendí aún más de verlo así.

—¿Qué es lo que tanto te asombra?

—Es que acabo de decir que te quiero.

—Pero has perdido el interés por mí.

—Claro que no.

—Claro que sí.

Yukihiko se había puesto pálido. Me había tomado por tonta. Siempre. A pesar de que yo nunca lo había tomado por tonto. Pero ¿cómo pueden amarse dos personas sin tomarse por tontas? ¿Acaso el amor no surge porque las personas son indulgentes con las demás, tienen descuidos, se miran ligeramente por encima del hombro? Yo jamás fui capaz de tomarlo por tonto. Y eso que él sí lo hacía conmigo.

—Manami —me llamó Yukihiko con voz lastimera—. ¿Por qué dices esas cosas, Manami?

Él ya se había dado cuenta de que yo había percibido su desenfadada indiferencia. Ya no había marcha atrás. Ya no estaba a tiempo de nada. Yo misma estaba conduciendo a Yukihiko hacia un punto sin resquicios de esperanza.

La lluvia se intensificó. Desde luego, era el tiempo ideal.

Me marché sola de su piso. Cerré con cuidado la puerta. Yukihiko me siguió hasta la entrada. Como un perro fiel. Sin una pizca de aquella violencia que había ejercido contra mí al principio. Como si fuese yo quien lo abandonaba.

—Adiós —le dije, pero no contestó.

—¿Por qué? —dijo Yukihiko. Entonces fui yo quien se calló. Acto seguido, salí a la lluvia.

Mientras caminaba bajo el chaparrón, aquella extraña sensación de plenitud permanecía todavía en mi cuerpo. Llovía de tal forma que tenía que sujetar el paraguas formando un ángulo agudo.

Avancé a grandes pasos, contenta de haber dejado de pertenecerle.

Así fue el desenlace de nuestra historia.

Durante una temporada, Yukihiko me llamó por teléfono todos los días. Yo, obviamente, jamás lo llamé (estaba decidida y lo cumplí hasta el final).

A cada vez él me preguntaba cómo había adivinado que ya no me amaba. Yo le respondía que, para empezar, nunca me había amado.

Pues tú tampoco, dijo él. Tal vez, contesté yo, aunque no era cierto. La culpa había sido suya, por no querer que lo amara. Él, que estaba emperrado en que no lo quisieran. Yo, que siempre intentaba comprender a mi pareja. Era una mala combinación.

Durante algún tiempo, puse toda mi atención en evitar quedarme a solas con él.

Al cabo de unos meses, Yukihiko se trasladó a otra planta de la oficina. Poco después lo nombraron asesor del director de departamento (un puesto ligeramente superior al de la subdirectora).

Aquella noche le propuse celebrarlo. Me dije que ya iba siendo hora de retomar el contacto. La cosa ya se había enfriado.

¿Enfriado?

—¿Por qué no consigo amar a ninguna mujer? —dijo Yukihiko, acodado en la barra.

Estábamos sentados en los taburetes de un pequeño bar.

—¿Por qué será? —contesté tranquilamente mientras daba un sorbo a mi *gin-tonic*.

—¿Será culpa mía, porque soy un desgraciado?

—Me alegro de que, al menos, ahora seas capaz de verlo de ese modo.

—No te rías de mí, Manami.

Yukihiko expulsó una bocanada de humo. Desde que lo había dejado conmigo, había empezado a fumar.

—Estaba bueno el *sushi*.

—Es un poco caro.

—Aquí invito yo.

Yukihiko apagó el cigarrillo. Después de algún tiempo sin vernos, ahora lo notaba algo más maduro. Sigue gustándome, pensé en ese instante. Me arrepentí profundamente de haberlo dejado escapar. Pero sabía que verlo de ese modo, pensando que lo había dejado escapar o que había puesto fin a lo nuestro, era una equivocación. Sencillamente, aquella historia se había terminado.

—¿No te apetece venir a mi casa?

En el momento en que Yukihiko me hizo esa proposición, asentí sin dudar un segundo. No porque me hiciera especial ilusión. Al contrario. Acepté porque me daba lo mismo.

No supone ningún problema, ¿no?, confirmé conmigo misma. Ya no volverán a ocurrírsete disparates como eso de querer ser suya.

Sí, contestó la otra yo en mi interior. Ya he estado todo lo triste que una puede estar, he recapacitado todo cuanto podía.

Yukihiko me agarró de la mano con el mismo desenfado de siempre. Mientras acercaba su cara a mi pecho, me dijo: «Qué bien hueles». El piso de Yukihiko apenas había cambiado. Como si fuera lo más natural del mundo, me desnudó (siempre le molestaba que lo hiciera yo misma) y, siguiendo un orden riguroso, hicimos el amor. Lo disfruté bastante. Supongo que él también.

Al acabar, cuando quise ponerme la ropa interior, Yukihiko me agarró del brazo.

—Puedes quedarte.
—Mañana tengo que madrugar.
—Manami, cásate conmigo.
—Idiota.

Le dije que no me vacilara y me abroché el sujetador. Repasé mentalmente la agenda del día siguiente.

Se oyó un ruido raro. Un ruido como el que hace una radio que no está bien sintonizada.

Yukihiko estaba farfullando algo.

—¿Qué problema habrá conmigo? —murmuraba.

Era la primera vez que le veía semejante cara. Era una expresión que nunca había visto en él, distinta de la refinada violencia del inicio y de la inquietud de la época en la que se sintió inclinado hacia mí.

—¿Cómo que «qué problema»? —le devolví lentamente la pregunta mientras me abotonaba la blusa.

—Yo quería seguir queriéndote para siempre.

Terminé de abrocharme todos los botones de la blusa y acerqué las medias a mis pies.

—Pretendía estar contigo el resto de mi vida.

—¿Qué quieres que te diga? —subí con calma la cremallera de la falda.

—¿Por qué soy incapaz de amar?

Porque eres como eres, pensé en decirle, pero me refrené. Me daba pena. Como el día en que lo observé mientras dormía. Pobre Yukihiko. Pero era culpa suya, yo no tenía nada que ver.

—Algún día encontrarás a alguien a quien conseguirás querer —le dije amablemente, y metí los brazos en la chaqueta. ¡Pero si en realidad no tienes ganas de amar a nadie!, pensé.

—Manami —me llamó en voz baja.

—¿Qué? —contesté. Miré el reloj de pulsera. Con un gesto exagerado, aposta.

—Buenas noches, Manami —dijo Yukihiko con la cabeza gacha.

—Buenas noches, Yukihiko —dije yo también, mirándolo a la cara.

Cerré la puerta del piso y caminé hacia el exterior. El aire de junio se coló en mi nariz con su olor a hierba. Pobre Yukihiko, murmuré. Pobre yo, pensé en decir a continuación, pero no lo hice. Ya no había nada de mí misma por lo que sentir pena. En vez de eso, pedí que Yukihiko encontrara la felicidad.

Como no tenía la costumbre de desear la felicidad de los demás, no sabía cómo hacerlo, pero recordé una fórmula que aparecía en un cuento que había leído de pequeña.

Primero metí la mano izquierda en el bolsillo derecho y dije: «Que Yukihiko sea feliz». Luego metí la derecha en el izquierdo y repetí: «Que Yukihiko sea feliz». En eso consistió el rito.

Buenas noches, mi pobre Yukihiko, susurré mirando hacia su casa, una vez terminado el rito. La brisa nocturna de junio me envolvió con ternura.

Buenas noches, Manami. Me pareció oír la voz de Yukihiko, pero sabía que era tan solo una impresión. Lentamente, comencé a caminar.

Palpitaciones

Me puse la *yukata**, muy bien, pero es que se me aflojaba al andar. La parte de delante, que se suponía que había colocado correctamente, se corría. Siempre me pasaba lo mismo.

—Manazas —me dijo Yukihiko.

—¡Deja de llamarme manazas!

Por mucho que se lo pidiera, no paraba de llamármelo. Como yo no sabía qué hacer con aquella *yukata* raída, Yukihiko se colocó detrás de mí y pasó ambos brazos alrededor de mi cintura. Iba a atarme el *obi*.

—Estate quieta. Coloca bien la parte de delante —me dijo. Yo estaba allí de pie, abstraída, sujetando la parte delantera de la *yukata*. Él agarró el *obi* suelto y lo tensó de un tirón—. Estaba torcido.

—¿En serio? —pregunté.

—Deberías haberte dado cuenta. Lo has atado tú misma.

—No lo he hecho bien. Se me da mal —dije mientras Yukihiko volvía a pasar los brazos por mi cintura y me ataba el *obi*. Al anudarlo, la tela tensada hizo un agradable ruido—. Muchas gracias, mozo —dije, y Yukihiko frunció el ceño. Estaba a mi es-

---

* Tipo de kimono ligero que se suele vestir en verano en ocasiones especiales, además de en ciertas *ryokan* (hospederías tradicionales japonesas) y hoteles. Al igual que otro tipo de kimonos, se ata con un fajín llamado *obi*. *(N. del T.)*

palda, así que en realidad no lo vi, pero estoy segura de que lo frunció.

—Yo no soy ningún mozo.

—Todo se te da bien, Yukihiko —dije yo, y él se colocó frente a mí.

Efectivamente: tenía el ceño fruncido. Aun así, su gesto era dulce. Ese semblante dulce, esa pulcritud y ese esmero con que me ató el *obi* eran su marca de fábrica.

Yukihiko gustaba a las mujeres. Cuando lo llamabas por teléfono, casi nunca contestaba. Si no esperabas al menos once tonos, no había posibilidad de que te contestara con un «¿sí?». Había que aguardar a que sonase el duodécimo tono para que su voz grave por fin respondiera. El motivo era que, de noche, siempre estaba atendiendo llamadas de alguna otra. «Tengo otra llamada —le decía a la chica—. Hasta luego. Me ha gustado hablar contigo». Gastaba el tiempo que duraban esos once tonos en poner fin a la llamada anterior. Cuando al duodécimo respondía, automáticamente siempre decía «¿sí?». No cabía duda de que empleaba el mismo tono de voz con todas las mujeres. Una voz monótona para todas las estaciones. Una voz que valía para cualquier ocasión: cuando discutía, cuando empezaba a flirtear o cuando anunciaba una ruptura.

Tan pronto se daba cuenta de que era yo quien llamaba, Yukihiko hablaba con una voz un poco más grave.

—Ah, Kanoko, eres tú —y soltaba un suspiro. Luego enseguida volvía al tono suave que usaba con todas y me preguntaba—: ¿Qué hay de nuevo?

—Mmm —empezaba a decir yo—. Mmm, nada en especial. ¿Y tú, Yuki? ¿Qué tal estás?

—Pues bien —contestaba él. A veces se oía de fondo otra llamada, pero mientras hablaba conmigo nunca atendía a otras personas. Ni siquiera cuando charlábamos durante minutos y minutos sobre cualquier cosa insustancial.

—¿No se enfadará Manami? —probé a decirle en una sola ocasión. Manami era su amante. Una mujer guapa tres años mayor que él—. Si estás hablando por teléfono y no tienes el contestador activado ni respondes a otras llamadas, se enterará de que estás hablando con alguien —dije yo, y él se rio.

—A Manami siempre la llamo yo.

—¿Ella nunca te llama a ti?

—No.

—Mmm —dije yo, y enseguida cambié de tema.

A él siempre era yo quien lo llamaba. Jamás había recibido una llamada suya. Incluso cuando fuimos amantes, siempre era yo la que llamaba. El papel de Yukihiko consistía siempre en esperar.

Él y yo habíamos cortado cinco años atrás, poco después de que yo me graduase en la universidad. Fui yo quien lo dejó. «Me he enamorado de alguien», le dije, y Yukihiko quedó cabizbajo un rato, pero luego levantó la cabeza y me dijo: «Si es así, no hay nada que hacer».

Yo, que había pensado que quizá haría algún esfuerzo por salvar la relación, me sentí como si me hubiera dado calabazas. Aunque, siendo yo la que lo dejaba, no se podía decir que me las estuviera dando.

Aún hoy, cuando nos ven a los dos juntos, la mayoría de la gente nos pregunta si somos pareja. El día que un conocido me lo preguntó, puse gesto de mal humor y le contesté con un no rotundo. Tan rotundo que hasta a mí me pareció un poco excesivo. Yukihiko, en cambio, cuando le preguntaban lo mismo, respondía con un «¡qué más quisiera yo!». Riéndose. Sin cortarse un pelo.

Después de que me atara el *obi* bien atado, me quedé mirando la figura de espaldas de Yukihiko mientras cerraba la habitación con llave. A él aquella prenda le quedaba que ni pintada. A mí, las *yukata* de los *ryokan* enseguida me cedían, y, sin embargo, a él se le mantenían siempre como si estuviesen recién confeccionadas.

Dirigiéndose a mí, que estaba allí de pie en el pasillo embobada, Yukihiko me dijo:

—¡Venga, vamos!

—¿Eh? —aquello me cogió de improviso y, al mirarlo sorprendida, él esbozó una mueca en la que se entremezclaban risa y enfado.

—No mejoras, ¿eh? —dijo Yukihiko, agarrándome de la mano.

—Eso no es cierto —contesté, y Yukihiko soltó una risa sardónica. Aun cuando se reía de ese modo, su voz seguía siendo dulce.

—¡Vamos, rápido! —dijo, y me soltó la mano. Hacía un montón de tiempo que no me agarraba de la mano. Era la primera vez desde que cortamos cinco años atrás. Pensaba que si llegaba a tocarme, la situación sería incómoda, pero no resultó así en absoluto.

La primera noche, Yukihiko y yo nos hospedamos en aquel *ryokan*. En realidad, yo había programado ir con mi novio. Justo antes de ir, se encontró indispuesto. Podría haber ido con una amiga, pero todas estaban ocupadas. O estaban casadas o estaban con sus novios o estaban estudiando para algún examen. Desesperada, le di un toque a Yukihiko medio bromeando.

Él contestó: «Vale, voy contigo», como si nada. «¿Y Manami?», le pregunté. Él se rio: «Manami está ocupada. Los fines de semana también trabaja». Manami era la jefa de Yukihiko. Tres años mayor, guapa, su jefa y su amante. «La excelentísima», la llamaba él.

Pegué el oído al teléfono para intentar captar si en aquella risa había algún atisbo de tristeza por no poder pasar el fin de semana con Manami, pero no percibí nada. Hablaba con la misma voz dulce de siempre, válida para todas las estaciones.

La comida estaba buena. A mí me gusta el sake. Lo cual significa que me gusta la comida que combina bien con el sake. La oferta gastronómica de los *ryokan* está hecha para acompañarla con sake. Nos sirvieron un plato enorme de *sashimi* de róbalo y de bonito. También había *sashimi* de caracol marino. Y pez sábalo macerado en vinagre. Pusieron un montón de alga *iwanori* para acompañar.

—Es bonito de otoño, ¿a que sí? —dije yo, y Yukihiko asintió sin demasiado interés. Contestó algo así como:

—Lo que me gusta de la comida de los *ryokan* es que es la misma en todas partes.

—¡No es la misma, hay diferencias sutiles!
—Bah...

Después de decir «bah», Yukihiko acercó los palillos a la tortilla *dashimaki*. Él apenas bebía. En cuestión de helados, chocolate y bollos de *anko* era, al parecer, toda una autoridad, pero resultaba inútil intentar hablar con él sobre la delicia de un primer sorbo de cerveza. A mi novio sí que le gustaba beber. De hecho, había elegido aquel *ryokan* porque había oído que se comía y se bebía bien. ¿A qué sitios irían Yukihiko y Manami cuando viajaban juntos?

Manami era de esa clase de mujeres que beben y disfrutan del postre con moderación. En plena relación entre ella y Yukihiko, los tres fuimos a cenar juntos una vez. No sé cómo pudo pasar. Yo no era tan estúpida como para presentarme en la cita de un antiguo amante como si fuera lo más normal, pero al final acabó sucediendo.

Manami estuvo correcta y jovial en todo momento. Ni agarró a Yukihiko de la mano por debajo de la mesa, ni le susurró «vámonos ya» antes de que yo dijera que era hora de recogerse. Pasamos una velada muy cordial hasta llegar al tercer establecimiento. Cuando Yukihiko, que se había hinchado de *ginger ale*, me dijo: «¡No sé cómo eres capaz de ingerir semejante cantidad de líquido!» y yo respondí buscando la complicidad de Manami: «Cuando se trata de beber alcohol, soy como un pozo sin fondo», esta asintió de un modo comedido, ni para el uno ni para el otro. Movió el cráneo con suma prudencia, sin rechazar mi opinión ni la de Yukihiko. Al fijarme en sus ojos, humedecidos como los de un animal herbívoro, sentí mucha pena por ella.

—¿Qué es lo que te atrae de Yukihiko? —le pregunté a Manami. La verdad es que fui un poco víbora. Tuve una actitud muy arrogante, aunque no sé si hacia Manami, hacia Yukihiko, hacia el mundo en general o hacia qué. No hay nada más arrogante que sentir pena de otra persona.

—No sé —dijo Manami inclinando la cabeza a un lado.

—Déjalo antes de que lo compliques todo —intervino Yukihiko, pero no le hice caso.

—Es que estoy convencida de que puedes tener a tus pies a hombres mucho mejores —proseguí.

Manami se quedó pensando un rato con gesto serio y, luego, me contestó:

—No se trata de lo que me atrae o me deja de atraer de él.

Yo debí de soltar alguna interjección de asombro.

—A mí Yukihiko me gusta, independientemente de su manera de ser.

Manami sonrió. Una bella sonrisa. Me dejó patidifusa. ¿Cómo podía ser tan íntegra? Una actitud cabal. Palabras bien medidas. Sin salidas de tono.

Después de aquello intenté odiarla. Pero no fui capaz. Manami era demasiado comedida como para ser odiada. Además, mi orgullo no me permitía odiar a la amante de Yukihiko. Orgullo. ¿Pero orgullo con respecto a qué?

Terminada la cena, Yukihiko y yo fuimos a la playa. Nos tapamos con un *haori**. Aquel pueble-

---

* Especie de chaqueta tradicional de mangas largas que, generalmente, se lleva abierta. *(N. del T.)*

cito a orillas del Pacífico era ligeramente más cálido que Tokio. Sin embargo, una fría brisa nocturna acariciaba nuestras mejillas. En el mar se divisaba la luz de los focos que usaban las barcas pesqueras.

—¿Estarán pescando calamares?

—Es probable —contestó Yukihiko en un tono relajado.

Desde que lo habíamos dejado, Yukihiko tenía cada vez más éxito con las chicas. Estás hecho un ligón, ¿eh? Cuando me metía con él, Yukihiko siempre negaba con la cabeza. No es que esté hecho un ligón. Son ellas, que están tristes. Eso respondía. Qué idiota. Me daban ganas de gritarle: ¿Qué pasa? ¿Te crees el líder de alguna secta? Pero no podía gritárselo. Al fin y al cabo, solía llamarlo a menudo por teléfono. Lo llamaba bien entrada la noche, pese a que tenía novio, pese a que no me iba nada mal en el trabajo y contaba con muchos amigos.

—Existe un calamar que brilla, ¿no? —dijo Yukihiko.

—¿Te refieres al calamar luciérnaga?

—Eso, eso, la luciérnaga.

—Luciérnaga no, calamar luciérnaga.

—Una vez me hicieron comer esa luciérnaga viva.

El aire soplaba de Yukihiko hacia mí. Su cuerpo desprendía un olor a jabón.

—Tiene que estar bueno.

—Te comes algo que hasta hace unos pocos segundos estaba nadando delante de ti.

—Me imagino que estaría bueno, ¿no?

—Era un manjar. Pero a mí no me van esas cosas —dijo Yukihiko.

—¿Qué cosas? —le pregunté yo, y él repitió las mismas palabras: «esas cosas»—. ¿No me digas que eres un sentimental? —le dije, y, con una voz grave y tierna, Yukihiko contestó que «quizá». Volví a sentir aquella fragancia a jabón.

De pronto sentí ganas de tocarlo. Sus dedos finos. La cálida palma de sus manos. Aquella noche, a la orilla del mar, estiré suavemente el brazo hacia Yukihiko. En el instante en que mi mano intentó tocar la suya, tomó la palabra:

—Tú, Kanoko, siempre has sido así. Sueltas cosas crueles como si nada.

La marea subió en silencio. Yukihiko y yo estábamos sentados la una al lado del otro sobre un tronco que había arrastrado el mar.

A través de la fina tela de la *yukata* se sentía el calor de la madera. Todavía conservaba la calidez de los rayos de sol.

Un pequeño cangrejo pasó a nuestros pies, sorteando las chanclas que la fonda prestaba a los clientes.

De vez en cuando, un camión pasaba por la carretera secundaria que bordeaba la costa. Las farolas de la carretera iluminaban la playa. Una luz suave llegaba hasta la zona donde estábamos sentados, pero no alcanzaba el mar. Un presentimiento de olas se acercaba y se retiraba constantemente en la oscuridad.

En medio de aquella luz difusa, me quedé observando el perfil de Yukihiko. La línea de sus mejillas era afilada. Su piel había envejecido, comparada con cuando tenía veinte años. Su barba se había vuelto más espesa. Reflexioné sobre las palabras que Yukihiko había dicho hacía un rato. ¿De verdad era cruel? ¿Habría sido cruel con él?

No consigo recordar bien la época en que éramos novios. En aquel entonces, yo apenas pensaba en nada. A Yukihiko yo le gustaba, me quería hacer el amor, me quería hacer feliz y yo lo veía como si fuera lo más natural del mundo. Jamás se me pasó por la cabeza que aquello rayara en lo milagroso.

A mí me gustaba Yukihiko. Me gustaba mi padre. Me gustaba mi madre. Me gustaba mi gato, Kuro. Me gustaba el bebé recién nacido de los vecinos. El olor a colada en los días soleados. Faltar a clase los días de lluvia. Me gustaba Yukihiko a la par que todas esas cosas. No recuerdo cómo empezó a gustarme otro hombre.

—Tú, Kanoko, eres como los pájaros del cielo —me dijo Yukihiko en una ocasión. No cuando salíamos juntos, sino más o menos al tercer mes de haber cortado.

Aun habiendo cortado, seguimos manteniendo la relación de «buenos amigos», como hasta ahora.

—¿Qué quieres decir? —le pregunté.

—Los pájaros dependen del viento, ¿no? Cuando empieza a soplar del sur, se montan en él y vuelan hacia el norte; cuando sopla el viento del norte, regresan al sur. Cuando el viento cambia, se olvidan por completo del día anterior y no les disgusta recorrer largas distancias trinando —Yukihiko se reía entre dientes mientras me lo explicaba.

—Yo no soy ningún pájaro —le contesté asombrada, pero mientras Yukihiko hablaba empecé a sentirme como una avecilla feliz e ilusa que no piensa por sí misma.

—Es que, en serio, Kanoko, mírate. Ya eras así cuando salíamos y sigues siendo igual —me dijo él mirando hacia mi flequillo.

En aquella época llevaba siempre flequillo porque no me gustaba mi frente. Cuando salíamos juntos, Yukihiko siempre intentaba levantármelo. Le divertía exponerla y burlarse: «¡Qué frente más rara tienes!». Yo escapaba para que no me lo levantara y al final acababa debajo de él, a veces incluso hacíamos el amor en esa postura.

En ese instante los dedos de Yukihiko estuvieron a punto de rozarme el flequillo. Aquellos dedos no me habían tocado ni una sola vez en los tres meses que llevábamos separados. Yo fui acercando mi rostro hacia él. Fue un acto inconsciente. Sus dedos también se aproximaron a mi frente, como atraídos por ella. Dejé escapar un suspiro y Yukihiko hizo lo mismo. Él apartó la mano de inmediato. Nos quedamos callados un instante y luego nos reímos a la vez. Su risa serena y la mía, tensa, resonaron juntas.

—Los pájaros también pasan sus penurias, aunque no lo parezca —cuando comenté eso con mi risa tensa, Yukihiko asintió.

—Trina siempre con alegría, pajarillo —me dijo mientras asentía.

El modo de decirlo fue tan sobrado que me irritó un poco. Y eso que había sido yo la que había roto con él. Debería ser yo la sobrada. A pesar de ello, tras la ruptura, yo siempre me había mostrado tensa y Yukihiko, perfectamente sereno e imperturbable.

Al poco tiempo rompí con el hombre por el que lo había dejado con Yukihiko. Me parece recordar que no había pasado ni medio año. Pero lo que había entre Yukihiko y yo no resurgió. Sin embargo, seguíamos «llevándonos bien». A veces quedábamos para tomar un té. También charlábamos a menudo por teléfono. Lo habíamos dejado, pero conservábamos una buena relación. Buenos amigos: eso éramos Yukihiko y yo, a pesar de haberlo dejado. Yo estaba satisfecha. O debería estarlo.

—Yukihiko, ¿por qué has venido conmigo a este sitio? —le pregunté.

La marea estaba subiendo. Daba la sensación de que el mar en su conjunto se expandía en la noche y, a su vez, el aire se compactaba y volvía más denso.

—No sé por qué —contestó lentamente.

Apoyé la cabeza en su hombro. Él tenía los brazos caídos y no me abrazaba. Fui yo quien le rodeó la cintura con el brazo y me pegué a él.

—Me das calor —dijo Yukihiko.

—Te aguantas.

—¿Te consideras feliz ahora, Kanoko? —me preguntó de repente. Que si tristeza, que si felicidad... Parecía que estuviese metido en una secta.

—Oye, ¿por qué no volvemos a la fonda y hacemos el amor? —le dije, sin hacer caso a lo que me había preguntado.

—No quiero —me contestó, todavía de brazos caídos.

—Entonces, ¿a qué has venido?

—Kanoko, ¿no te habrás vuelto una obsesa sexual?

—Muérete, Yukihiko.

Me había acostumbrado a la oscuridad y ahora distinguía un poco el movimiento del mar. La superficie del agua era lisa. Poco a poco, remontaba la orilla.

Yukihiko me rodeó el hombro con el brazo. Tras abrazarme con suavidad, aumentó poco a poco la fuerza. Recordé su cuerpo cuando éramos amantes y los gestos que hacía cuando me abrazaba. Recordé también cómo me gustaba. Con toda claridad. Mientras lo recordaba, me di cuenta de que, en el fondo, no me había olvidado por completo de esas cosas.

—Yukihiko —dije en voz baja. ¿Cuántos años hacía que no lo llamaba por su nombre con esa voz?

—Kanoko —dijo él con voz grave.

Estuvimos un buen rato allí abrazados, yo pasándole el brazo por la cintura y él rodeando mi hombro. Las olas casi nos llegaban a los pies.

—Ya es noche cerrada, ¿eh?

—Es verdad.

—Me gustas, Yukihiko.

—A mí también me has gustado siempre.

—No me refiero a eso.

—No puede ser —afirmó Yukihiko sin aflojar el brazo alrededor de mi hombro.

—¿Qué?

—Se ha terminado.

—¿Qué? —solté yo como una imbécil.

—Ya se ha terminado, ¿no? —dijo Yukihiko en un tono cálido.

—¿Se ha terminado? —repetí yo como una imbécil.

—Se ha terminado —repitió él.

Me sentí como si la mente se me hubiera quedado en blanco.

Así que es eso, pensé. Ahora, Yukihiko y yo estamos cada uno en su lugar, ni lejos, ni cerca.

Yo estoy aquí ahora y Yukihiko también está aquí, tan solo eso.

Tan solo eso. El tiempo fluye, y nosotros hemos roto aquí y en cualquier lugar que no sea este, aquí y allá.

El tiempo parece imbécil, pensé, invadida por un brutal sentimiento de impotencia.

Yukihiko y yo parecemos imbéciles. Todos los seres humanos parecen imbéciles. Mientras decía esas cosas para mis adentros, estreché su cintura con más fuerza.

—¿Cómo es que, gustándonos, no podemos hacer nada? —le formulé la pregunta a sabiendas de que era un esfuerzo inútil.

—Porque me siento impotente —contestó Yukihiko con serenidad.

—¿Impotente?

Él se quedó callado un rato. A continuación, dijo:

—Yo te quería de verdad.

El mar subió y nos mojó los pies. ¿Desde cuándo estaría allí el tronco sobre el que nos habíamos sentado? ¿Llevaría mucho tiempo en aquel sitio, constantemente lamido por el mar, resistiendo a las subidas de la marea?

Los dos nos habíamos quedado inmóviles en medio de la noche, como objetos que llevaran una eternidad en aquella playa. Los latidos de Yukihiko se propagaron al resto de su cuerpo. ¿Habría regresado el pequeño cangrejo a su agujero?

—Yukihiko, la noche ha refrescado.

—Quedémonos así un poco más.

—No, yo vuelvo a la fonda —dije despacio. Otra vez tenía la mente en blanco.

—Aguarda un poco.

—Volvamos a la fonda y durmamos como buenos niños.

Yukihiko se rio. Me acarició la cabeza. Yukihiko, susurré yo. En mi corazón.

—Quedémonos así un poco más.

—Qué bonitas las luces en el mar —dije yo con mi voz vacía.

—Sí que son bonitas —repitió Yukihiko.

—Ojalá la marea siguiera subiendo toda la noche.

La marea subiría, nos tragaría y nos convertiríamos en pequeños cangrejos. No sabríamos nada del otro, al bajar la marea saldríamos de nuestros agujeros y, cuando subiese, regresaríamos a ellos.

Los latidos de Yukihiko se propagaron a todo mi cuerpo.

—Yukihiko —dije yo. Procurando que toda la ternura que llevaba dentro se concentrase en mi voz.

—Sí.

—Yukihiko —volví a decir. Esta vez con la mayor serenidad posible. Sin alterar el tono.

—Sí.

Nuestra presencia se abrió con calma, con mucha calma, hacia el mar nocturno y fue llenándolo.

Yukihiko, dije yo una vez más. Sin pronunciarlo. Yukihiko. Es un fastidio no poder volver atrás. Yukihiko. El tiempo corre y me siento sola. Yukihiko. Fuimos imbéciles, ¿verdad?

Las olas se acercaban, a veces con estruendo. La marea crecía y crecía. Mi corazón no paraba de palpitar en medio de la noche.

El reino de finales de verano

Era verano.
Quiero acostarme con este chico, me dije.
Siempre hacía lo mismo. Cada vez que veía a un chico (yo llamo «chico» a cualquier hombre que despierte mi deseo, al margen de su edad), al principio casi nunca pensaba «me gusta», ni nada por el estilo. Lo primero que se me pasaba por la cabeza eran siempre cosas de naturaleza física del tipo: «Quiero que me rodee el cuello con esos brazos», «quiero partir con la mano en dos un bollo caliente, recién hecho, compartirlo con él y comérnoslo aquí mismo» o «quiero meterle los dedos en la boca».

En el caso de Nishino, francamente, quise acostarme con él.

Y se lo dije.

—Venga, hagámoslo —le dije.

—¿Dónde? —me preguntó él. El que me contestara eso y no «¿qué?» me dejó pasmada.

Y es que Nishino vivía solo. Se lo pregunté.

—Llevo viviendo solo desde que iba a la universidad. Sigo solo y han pasado más de diez años —contestó él.

Antes de ir al piso de Nishino, entré en una tienda y compré un cepillo de dientes y unas bragas. Tras pasar por caja, me encontré a Nishino hojeando una revista en el rincón de la prensa, sonriente.

—¿Vas a quedarte a dormir? —preguntó.

—¿Puedo? Si no quieres, no me quedo.

—Mmm —dijo Nishino—. Si no te quedas, el cepillo y las bragas habrán sido un desperdicio.

—No pasa nada, me los llevaré de vuelta a casa —contesté yo—. A mí los cepillos me duran una semana. Se gastan de la fuerza con la que froto.

—¿Los cepillos se gastan? —Nishino rio y se echó a andar—. Y las bragas ¿también las gasta tan pronto, señorita Sunaga? —mientras decía eso, Nishino me cogió de la mano.

—Puedes llamarme Reiko —contesté apretándole la mano con fuerza.

—Reiko-chan*. Reiko. Rei —susurró Nishino a modo de prueba—. Rei, me gusta como suena. Encaja con el aura que despide tu cuerpo —dijo mientras me tocaba la coronilla.

Como tengo el cabello rebelde, en la zona del remolino había unos cuantos pelos de punta. Aunque, en general, llevaba el corte *à la garçonne* bien alisado.

—Me encanta tu nuca —dijo Nishino.

Acto seguido, aceleró el paso. Todo su cuerpo desprendía expectación. Yo no podía estar más contenta. Corrí detrás de él, con la idea en mente de que quería hacerlo cuanto antes. Nuestros cuellos goteaban sudor.

—¡Ah! —dijo Nishino.

Se había puesto un traje, impecable, que le daba un aire de dandi. Ajá, este hombre lleva una vida

---

* Sufijo que se añade principalmente al nombre para expresar cariño o familiaridad. *(N. del T.)*

social interesante, me admiré yo. Esa admiración provocó que me abrazara a él medio desnuda. En el recibidor. La mañana del día siguiente.

—Me parece que la he perdido —dijo, apartando suavemente mi cuerpo.

—¿El qué? —pregunté yo.

—La llave.

—¿De dónde?

Nishino no contestó. Agachado, palpó el suelo de la entrada.

—De la casa de mi ex —dijo, después de haber buscado durante un rato.

—¿De tu ex? —repetí yo.

—Sí. O más bien de la mujer con la que estoy rompiendo en este momento.

—¿Con la que estás rompiendo en este momento? Resulta un poco confuso, ¿no? —susurré yo, y Nishino movió ligeramente la cabeza arriba y abajo. Mientras sacudía la cabeza, siguió buscando.

—Es que si rompemos, tendré que devolvérsela. Como mandan los cánones.

La expresión «como mandan los cánones» me dio una cierta idea de la «vida social» de Nishino.

—No te preocupes, yo te la busco. Es una llave normal, ¿no? De las de color plateado.

Nishino se levantó y, al tiempo que decía «lo dejo en tus manos», abrió la puerta a toda prisa y salió disparado por el pasillo.

Como se había marchado, me senté en el escalón frente a la puerta e intenté recordar su cuerpo. El sexo con Nishino había estado bastante bien. No había sido una cosa extraordinaria, pero estaba bastante bien.

Se comporta de un modo impasible, pero se puede decir que se lo trabaja, susurré. Eso es. Me caía simpático. Nishino, el que se comportaba de un modo impasible, pero era aplicado y trabajador.

Encontré la llave. Una llave plateada bonita y reluciente. Estaba como nueva. ¿Sería que no la habían usado en exceso? Intenté imaginarme a una mujer que pegara con Nishino. Su cabello. Su semblante. Su altura. Su manera de hablar. Sus movimientos. Su personalidad. No dejaba de imaginarme cosas.

Es una manía. No quiere decir que estuviese dándole vueltas a la cabeza porque me hubiera enamorado de Nishino. Quizá sea por deformación profesional. Me gano la vida escribiendo novelas que no van dirigidas ni a un público infantil ni a un público adulto. No vendo demasiado, pero me da para vivir yo sola sin pasar estrecheces.

Cuando terminé de fantasear con el aspecto de «la mujer que pega con Nishino», coloqué la llave sobre la mesa del comedor y volví a meterme en la cama. Había sacado *El precepto roto*, de Shimazaki Tōson, de su estantería y estuve hojeándolo. Aparte de obras como *El precepto roto*, *La novela del embarazo* y *El mundo según Garp*, tenía varios libros recientes relacionados con el mundo de los negocios. Mientras pensaba en lo complejo que era aquel chico, pasé las hojas de *El precepto roto* al azar y observé las palabras escritas.

Al cabo de un rato, me entró el sopor. En la cama todavía se sentía el olor que nuestra piel había dejado la noche anterior y yo, con el libro en la mano, empecé a caer en un ligero sueño.

Nishino volvió del trabajo pasadas las once de la noche. Al verme sentada frente a la mesa del comedor con el portátil abierto, puso cara de sorpresa durante un segundo y enseguida recuperó la compostura. Aunque podría haberse sorprendido y haber manifestado algo como «vaya, ¿todavía estás aquí?» o «qué alegría que sigas aquí», Nishino jamás perdía su gesto impertérrito.

—Buenas noches —probé a decirle.

—Qué hay —contestó. ¿Cómo que «qué hay»? No me digas «qué hay», pensé, y se lo dije a la cara—. Entonces ¿qué debería decir? —me preguntó Nishino con un ligero tono de perplejidad.

—Lo normal sería que te molestara que una chica con la que solo te has acostado una vez se haya instalado en tu casa.

—Vale.

—¿Cómo que «vale»? No me digas «vale».

—Vale.

Nishino parecía realmente perplejo. Quizá estuviera cansado. Si yo tuviera que salir de casa antes de las ocho de la mañana y trabajar hasta las once, en un par de días estaría destrozada. No era de extrañar.

—Si te estorbo, dímelo, ¿eh? —apagué el ordenador y lo cerré. La cortina se había hinchado un poco, preñada de brisa. A esas horas hacía algo de fresco, pero el aire del verano tokiota siempre era pesado y húmedo, incluso a altas horas de la noche—. ¿Pongo el aire acondicionado? —le pregunté.

—Vale —contestó Nishino en el mismo tono.

Tras cerrar la ventana y correr las cortinas, pulsé el botón del mando. De pronto se oyó el aire del aparato. Mirando al infinito, Nishino se desanudó la corbata con una mano, se quitó la camisa, colgó correctamente el pantalón en una percha y se dirigió al baño. Me pareció como un muñeco que se moviera de forma automática.

—Bañémonos juntos —le dije, y Nishino asintió con un leve gesto de cabeza—. ¿Te molesta que me bañe contigo? —le pregunté, ante aquella respuesta tan ambigua.

—¿A qué te refieres con que me moleste?

—¿Cómo que «a qué me refiero»?

—Rei, no sé, pero eres como un animal.

¿Como un animal? A mi modo de ver, era Nishino el que parecía un animal. Si de verdad era un ser humano, me gustaría que me mostrase expresiones y acciones claras, más humanas.

Nishino abrió el agua caliente. Antes de llenar la bañera, le pasó una esponja.

—Rei, ¿por qué no entras tú primero? —dijo Nishino, que se había quedado en camiseta y calzoncillos, apoyado contra el sofá.

—Metámonos juntos. Te lavaré el cuerpo, te frotaré la espalda y te daré un masaje en la planta de los pies —al decirle eso, Nishino sonrió con cierto reparo.

—Hay poco espacio, es mejor que entres sola y te relajes —me dijo.

—Sola es aburrido —contesté—. Llevo todo el día sola. Ya que estamos los dos, bañémonos juntos.

—No, yo prefiero bañarme solo —dijo Nishino temeroso.

—¡Pues haberlo dicho antes!

—¿Eh?

—La vida es más fácil cuando dices lo que piensas.

—Como tú.

—Sí —contesté mientras abría la puerta del baño. En realidad, nadie dice lo que piensa tal como lo piensa, pero ¿por qué hay gente que vacila en expresar siquiera una milésima parte de lo que piensa? Nadie los va a castigar, aunque expresen diez, incluso veinte milésimas partes.

Me encogí y me hundí en el agua caliente. Como enseguida me acaloré, después de lavarme por encima el cuerpo y el pelo, volví a sumergirme en el agua y salí deprisa del baño.

—¡Qué rápida! —Nishino tenía los ojos puestos en mí—. Creía que todas las chicas erais de tomaros el baño con calma.

—Es que no me gusta demasiado bañarme.

—¿Ah, no? —murmuró Nishino con una voz poco clara—. ¿Cuántos años tienes, Rei? ¿Unos treinta, como yo? —preguntó con la misma voz.

—Soy mayor que tú.

—Mmm —dijo Nishino. No quiso seguir ahondando, aunque por mí podría haberlo hecho. ¿Será que le trae sin cuidado? ¿O quizá piensa que a todas las mujeres nos fastidia hablar de nuestra edad?

—¿Puedo tomarme una cerveza? —le pregunté.

—Claro.

—¿Bebes conmigo?

—Vale —contestó Nishino con un poco más de vigor que el «vale» de hacía un rato. Desde que había vuelto a casa, era el primer «vale» dicho con convicción que le oía.

—Date un baño rápido, te estoy esperando —dije yo, me solté la toalla enroscada en la cabeza y la sacudí como si fuese una bandera.

Nishino se fue quitando el calzoncillo y la camiseta de camino al baño. Se oyó un gemido de desperezo. Luego, el ruido de la puerta del baño al cerrarse.

Tardó un largo rato. La lata de cerveza que había cogido fue perdiendo progresivamente el vaho, así que la devolví a la nevera. Me recosté sobre el sofá y debí de quedarme dormida. Cuando me di cuenta, Nishino estaba quitándome la toalla con la que me había envuelto. Su cuerpo goteó al echarse sobre mí. Abrí los ojos de golpe y, cuando le dije «que aproveche, ¿eh?», él se rio.

Echamos un polvo rápido. No fue una cosa extraordinaria, pero estuvo bastante bien. Al terminar, como habíamos convenido, nos tomamos una cerveza juntos. La superficie de la lata volvía a estar fría y bien empañada. Le di un trago largo. Nishino se quedó mirando fijamente la combadura que se formaba en mi garganta.

—Rei, ¿esta noche también te quedas? —me preguntó.

—No sé qué hacer. Por de pronto, no tengo ninguna entrega y podría quedarme —al decir eso, él asintió. Acto seguido me removió la zona de la coronilla donde tenía aquellos pelos de punta.

Pasé cinco días en su piso. El viernes por fin recibí el fax con las correcciones, de modo que, después de sacudir la mano para despedirme de Nishino, que se iba al trabajo, recogí mis cosas (las bragas que había lavado tres veces, el cepillo de dientes, la mitad de cuyas cerdas estaban ya raídas, y el portátil que llevaba conmigo a todas partes) y, tras hacer un poco de limpieza, cerré la puerta con llave. Metí la llave en el buzón para la prensa instalado en la puerta y me dirigí a mi piso.

Al subir al tren después de tantos días, mi estancia en casa de Nishino empezó a parecerme cosa de un pasado lejano. Y eso a pesar de que, cuando estaba allí, todo resultaba inequívoco. El cuerpo de Nishino, su mirada, sus palabras. Sin embargo, tan pronto como me alejé, todo se convirtió en un pasado remoto.

Las cigarras cantaban. En la zona del piso de Nishino apenas había cigarras. Si abría la ventana, el aire caliente que expulsaba el aparato de aire acondicionado de los vecinos se colaba adentro, de modo que, al final, renunciaba a abrirla. Pese a que detestaba el aire acondicionado, en casa de Nishino lo dejaba encendido todo el día.

Al volver a mi casa, abrí la ventana y las cortinas y presté oído al canto de las cigarras. Aparte de las correcciones, había recibido un par de faxes más. Uno era el encargo de una reseña de un libro infantil y el otro, una encuesta publicada por una agencia de seguros.

¿Alguna vez le ha preocupado cómo será su vida durante la vejez?

¿Qué se le pasa por la cabeza cuando piensa en el futuro?

La encuesta planteaba una serie de preguntas. «El futuro, en fin...», murmuré mientras hacía una bola con el fax de la encuesta y la tiraba a la papelera.

Revisé las correcciones, las envié de vuelta por fax, me leí el material que necesitaba para escribir el artículo que tenía que entregar el fin de semana y, después de un almuerzo tardío, me entró el sueño. Llegado el verano, siempre saco del armario una esterilla amplia y la tiendo en el suelo. Tan pronto me acosté sobre ella, me quedé dormida.

Cuando me desperté, ya había anochecido. Mi cuerpo rebosaba energía. En el preciso instante en que se me ocurrió llamar a alguien para salir por ahí, sonó el teléfono.

—Ah, ¿Rei?

De inmediato no advertí quién era.

—Sí —contesté yo.

—¡Qué bien! Estabas ahí.

—Sí, estoy aquí. Es mi casa —dije yo, y él se rio. Supe que era Nishino por su risa—. ¿Qué tal? —le pregunté.

—Al volver a casa, me ha sorprendido ver que no estabas.

—Es que tengo trabajo —le dije, y él volvió a reírse.

—Así que los animales también trabajan. Qué mundo más cruel, ¿eh?

—Hace calor en todas partes. ¿Por qué no vamos a tomar una cerveza? —le dije yo. Como hasta esa mañana había estado todo el rato con él, me apetecía ver a otra gente, pero ya que había tenido el detalle de llamarme, qué menos que invitarle por cortesía.

—Claro que sí —dijo Nishino. Su voz también era cortés. Cortesía por cortesía. Me hizo gracia pensar que seguramente usaría el mismo tono con todas. Nishino: aunque parecía impasible, era aplicado y trabajador.

—Dime, ¿qué se te pasa por la cabeza cuando piensas en el futuro? —le pregunté.

—¿A qué viene eso, así de repente?

—Tú dime.

—Mmm... —Nishino estuvo musitando un rato. Quizá creía que le tomaría la palabra. Como si yo pretendiera asociarlo al matrimonio o al hogar.

—Yo me imagino una muralla.

Como Nishino no paraba de musitar y no respondía, me adelanté.

—¿Una muralla? —repitió él.

—La muralla de un reino.

—¿Un reino?

—Un reino donde siempre es verano, las cigarras cantan, está rodeado por una alta muralla y hay un monarca viejecillo que gobierna en silencio.

—Esa... ¿esa es tu imagen del futuro, Rei? —noté que, al otro lado de la línea, Nishino se había quedado perplejo.

—Sí.

—Pero, Rei, ¿qué relación hay entre el futuro y el monarca viejecillo y las cigarras?

—¿No crees que serías feliz viviendo en un reino así? —dije yo, y Nishino soltó un suspiro.

—No sé. ¿En tu futuro no sale una boda, niños, una pensión y esas cosas?

—No, no salen. Da igual que lo ponga de lado o boca abajo y lo sacuda, no sale nada de eso —era lo que creía en el fondo de mi corazón, así que le contesté lo que pensaba—. Venga, vamos a tomarnos una cerveza —le dije, y Nishino mostró su acuerdo con voz de alivio.

Nishino me gusta un poco, pensé mientras me preparaba para salir. Me gusta un poco, pero no muchísimo. Mientras colaba el talón por la correa de la sandalia, me dije que, cuando pasara la fecha de entrega de la semana siguiente, quedaría con alguien que no fuera él.

—Ya le he entregado la llave a mi ex, como mandan los cánones —dijo Nishino. Lo soltó de manera casual en medio de la conversación.

Sin embargo, yo sabía que en realidad no había sido casual. Nishino quería decírmelo a toda costa. Esos momentos me cabreaban. Si yo le gustaba, ¿por qué no me lo decía? Me negaba a aceptar como insinuación o metáfora de nada el que le hubiera devuelto la llave a su ex.

—¿Tienes mucho lío en el trabajo? —le pregunté por decir algo. Estaba perdiendo todo mi interés por él.

—La verdad es que bastante —contestó tranquilamente. Nos tomamos una más y me voy, decidí para mis adentros.

—¡Ah, qué despistada! —dije—. Acabo de recordar que me falta un trabajo por entregar.

Yo no recibía tantos encargos como para olvidarme de una entrega. Pero eso Nishino no lo sabía.

—¿Ah, sí? —Nishino me miró con una sonrisa rebosante de confianza en sí mismo—. Oye, Rei, ¿cómo es tu piso? —me preguntó.

—No tiene nada de especial. Consiste en una habitación de tatami y otra de parqué, y en cada una hay un montón de estantes por las paredes; también tengo una televisión pequeña, una nevera mediana y un fax.

—Muy propio de ti —Nishino sonrió. Tenía una bonita sonrisa. Era aseado, con algún matiz sombrío y no recurría al sarcasmo cuando hablaba. Me arrepentí: ¿para qué me habré acostado con un chico como él, que agradaría a cualquier chica en general?

—Bueno, yo me voy —me levanté al mismo tiempo que apuraba la cerveza que quedaba en el vaso.

Nishino se quedó planchado durante un instante, pero enseguida recobró la compostura. Si en lugar de eso hubiera permanecido planchado, me habría interesado un poco más por él. Me despedí con un pequeño gesto de la mano. Le entregué un billete de cinco mil yenes presionándolo contra la palma de su mano y me eché a andar a paso ligero hacia la puerta.

Durante el camino hacia la estación, no paré de respirar hondo. Después de caminar un rato, me olvidé por completo de Nishino.

—A lo mejor es que no te gusto tanto, Rei —prosiguió Nishino.

Hacía tres semanas que no hablaba con él. Se había dado el caso de que se me habían juntado varios proyectos y había tenido que ir a Kansai a documentarme. Me llamó la noche del domingo, justo cuando acababa de regresar. Me había dado un pequeño lujo comprando un *sushi* de caballa marinada de calidad, mejor que el que solía comprar normalmente, y tenía ganas de comérmelo cuanto antes, así que me di prisa en deshacer la maleta y en ese momento me disponía alegremente a tomarme una copa de sake caliente yo sola en casa.

—Quiero verte —justo cuando el sake estaba a la temperatura ideal, recibí la llamada de Nishino.

—Vale, esta semana —contesté yo apurada por las ganas de tomármelo.

—¿Hoy no estás libre? —Nishino no cedió.

—¿Es urgente? —le devolví la pregunta a toda prisa.

—No es por nada en concreto, pero hace un montón que no nos vemos y estaba aburrido —dijo Nishino—. Quiero quedar contigo. Quiero verte y charlar contigo. A lo mejor es que no te gusto tanto, Rei —prosiguió Nishino.

¿Eh?, pensé yo. ¿Desde cuándo se ha vuelto un chico tan franco?

Estaba cambiado. Al contrario que la vez en que perdí repentinamente el interés por él, ahora empezaba a interesarme de nuevo.

—Rei, es que hoy me siento solo —dijo.

—Pero, Nishino, ¡si tienes un montón de novias y amantes! Las chicas se te dan bien —dije yo, y Nishino soltó una especie de gemido desde el fondo de la garganta:

—¿Por qué dices esas cosas, Rei?

—Es que es verdad, se te dan bien.

—A lo mejor es porque soy una especie de, cómo decirlo..., de mujeriego. Pero ¿y cómo sabes tú eso? Yo no te he contado nada de mi pasado, ni de mi vida amorosa más reciente.

—Hablar y acostarme contigo ha bastado para darme cuenta. Eso es todo —contesté riéndome.

Nishino también se rio al otro lado del aparato. De entre todas las risas que le había oído, aquella era la más jovial.

Nishino. No estaría mal. Sí, podría estar bien, pensé yo.

—¿Sabes, Nishino? Hoy he comprado *sushi* de caballa en Kioto. Uno de cinco mil yenes. ¿Lo comemos juntos? —tan pronto como lo pensé, ya estaba preguntándoselo—. Si te apetece, ven rápido. Si no, me lo acabo yo —le dije, y Nishino volvió a reír jovialmente.

—¿Puedo llevar unos calzoncillos y un cepillo? —me preguntó—. ¿Me dejas quedarme a dormir? Si no te molesta, claro.

—Si me molesta, ¿qué harás? —le pregunté.

—Si te molesta, te regalo el cepillo.

—¿Y los calzoncillos?

—Me los llevaré de vuelta, con la cabeza gacha.

—Me parece bien, así que tráete el traje para mañana —le dije.

Mientras esperaba la llegada de Nishino, saqué de los cajones un futón, una cubierta, sábanas y una almohada para visitas y lo amontoné todo en la habitación de tatami. Hacía una eternidad que no venía a casa un chico. Cuando me entraban ganas de acostarme con alguien, lo hacía al momento, pero eso no significa que me apeteciera a todas horas. Habían transcurrido más de tres años desde la última vez que un chico había entrado y salido de aquel piso.

Nishino, probé a decir en voz alta. Estaba deseosa de que llegara. Nishino, volví a repetir. Quiero enamorarme de ti. Ojalá me enamore, empecé a desear de pronto.

Me gusta enamorarme, aunque no sea tan sencillo. Porque conozco bien mis deseos. Me interrogo a mí misma con franqueza sobre qué es lo que realmente busco.

Ojalá llegue a quererlo todo de Nishino, susurré.

Saqué tres berenjenas de la nevera. Con un tenedor pinché varias veces la superficie de la verdura y las coloqué sobre la parrilla. Luego encendí la cocina de gas. Al principio la llama era de color naranja, pero enseguida se transformó en un bello azul.

Fue a finales de verano.

Fue a finales de verano cuando empecé a querer a Nishino.

Lo quería todo de él.

Aquel día, antes de comer las berenjenas a la parrilla, Nishino y yo hicimos el amor. Fue tierno. Cuando terminamos de hacerlo, yo ya había dejado de darle vueltas a qué categoría tenía el sexo con Nishino. Es decir, que me daba igual si estaba bastante bien, si era extraordinario o lo que fuera.

Una vez decides que alguien te gusta en su totalidad, no necesitas realizar juicios de valor, que si está bien o si está mal. Basta simplemente con que te guste.

Por eso, desde aquel día de finales de verano, el sexo con Nishino pasó a ser simplemente «sexo con la persona que amo». No era ni «sexo extraordinario con alguien», ni «sexo bastante bueno con alguien».

—Lo quiero todo de ti.

Cuando se lo dije ese día, después de acostarnos, Nishino asintió con la cabeza. Aunque lo más probable es que no entendiera qué quería decir con «todo», ni en ese momento ni después. Al fin y al cabo, era un chico que desconocía lo que era estar realmente enamorado de una chica y nunca intentaría conocerlo.

¿Y cómo sabes tú que soy ese tipo de hombre?, me habría preguntado él en caso de que yo se lo hubiera dicho. Me ha bastado hablar y acostarme contigo para darme cuenta. Eso es todo, le habría respondido yo.

Ya me había hecho a la idea de que quererlo todo de un tío como Nishino sería complicado. Como es natural, después de haber decidido que lo quería todo de él, Nishino se siguió acostando sin ningún pudor con otras chicas. Unas jóvenes, otras entradas en años. Algunas de ellas verdaderamente encariñadas con él. Otras se lo tomaban como un juego. Bastaba con observar con atención a Nishino para darse cuenta.

Pero yo lo amé mucho a pesar de todo.

Lo amé sin más.

Solo deseé ser amada un poquito (ni siquiera yo era capaz de amar a alguien sin esperar a cambio una pizca de amor).

—Falta muy poco para que acabe el verano, ¿eh? —le dije justo un año después de haber empezado a amarlo.

—Es verdad —dijo Nishino acostado a mi lado, mientras me acariciaba la cabeza.

—Me gusta el final del verano —susurré.

—A mí, no demasiado —contestó él con una voz monótona.

—¿Ah, no? —dije yo.

Me sentía incómoda. Creo que no llegué a decírselo. Al mismo tiempo que lo quería, notaba que siempre había un punto de incomodidad. Pequeño, pero compacto y tremendamente duro, como un bulto.

—Es que mi hermana se murió a finales de un verano —dijo Nishino en ese momento en un tono calmado.

—Ah —murmuré yo. Era la primera noticia que tenía. Nishino apenas hablaba de sí mismo.

Esta vez fui yo la que le acarició la cabeza a él.

—Se suicidó con veneno en un descampado cerca de nuestra casa aprovechando que yo me había ido de vacaciones a la playa con un amigo. Si hubiera estado en casa, me habría dado cuenta. Pero estaba en un chiringuito en la costa. Cuando lo descubrí ya era tarde. Estaba muerta —dijo Nishino con la misma voz monótona, mientras se dejaba acariciar por mí.

Yo seguí acariciándole el pelo con todo mi corazón. Nishino no dijo nada más. Yo también guardé silencio.

Era la primera vez que albergaba dudas desde que había empezado a quererlo.

Puede que ya no lo ame.

Y eso que cuando se había acostado sin ningún pudor con otras, cuando me había dado cuenta de que me contaba pequeñas mentiras, nunca me lo había planteado.

Todo su cuerpo despedía una especie de aire frío. Debía de llevar ahí desde siempre, antes incluso de que me contara lo del suicidio de su hermana, en forma de una fina y afilada hebra de aire frío. Pero yo fingía no verla. Fingía no haberme enterado.

Vaya, así que esta persona escondía ese abismo tan profundo, pensé desesperada.

—Nishino —lo llamé.

—¿Qué, Rei?

—Te quiero. Te quería.

—¿Cómo? —Nishino abrió los ojos de par en par—. ¿Por qué usas el pasado?

—Porque ya no consigo quererte —le dije sinceramente. Si no es con sinceridad, no soy capaz de decir las cosas.

—¿Por qué? —Nishino se incorporó. Entristecida, me fijé en los duros músculos de su vientre y su pecho.

—Lo siento.

—¿Es porque no soy fiel? —me preguntó Nishino.

—Quizá sea por eso —contesté. Aunque de sobra sabía que no era esa la razón.

—Perdóname. No volveré a acostarme con otras. Te lo juro —gritó él.

Me sorprendió. No pensaba que me quisiera tanto como para gritar de esa manera. Un poco sí que debía de gustarle. Pero no creía que le gustara tanto.

—Te quería —repetí embargada por un sentimiento de desesperación.

—Rei, ¿ya no hay nada que hacer? ¿No tiene remedio?

Nishino se había echado a llorar.

—No sabía que te quisiera tanto —me dijo entre lágrimas—. Rei, te quiero.

—Lo siento —dije con resolución.

¿Existirá alguna mujer lo bastante fuerte y amable como para amar a Nishino?, me pregunté para mis adentros. Seguramente no. Tal vez.

Nishino me daba tanta pena que estuve a punto de llorar yo también. Pero me aguanté. Al mismo tiempo sentí de veras un escalofrío al recordar esa especie de aire frío que poco antes había despedido su cuerpo.

Quería huir de él cuanto antes. Lo deseaba en lo más hondo de mi corazón. En realidad ignoraba en qué consistía exactamente ese algo incómodo, pero sabía que, sin lugar a dudas, estaba ahí. Algo frío y terrible que no desaparecería por más que yo me esforzase.

Quiero huir, pero..., pensaba yo. Del mismo modo que cuando pensaba «quiero amar, pero...».

—Adiós —me dijo Nishino en el último momento. En un tono cortés y amable.

Sí, puede que este hombre se quede así, solo, para siempre, pensé con la mirada clavada en sus ojos.

—Algún día invítame a tu reino de finales de verano —me dijo. Sonriente.

—Sí, algún día. Cuando me haya hecho más vieja, más sabia y más fuerte —dije yo cabizbaja.

—Adiós —volvió a decir Nishino.

—Adiós —dije yo también.

Caminamos juntos desde mi piso hasta la estación. Aquel día, nuestro último día, Nishino había venido a recoger sus cosas a mi piso. En su casa no quedaba prácticamente nada mío. Un cepillo usado y tres de repuesto. Los de repuesto se los di a Nishino y le pedí que tirara el usado.

—¿Sabes qué? Tengo la sensación de que probablemente moriré a finales de un verano —dijo Nishino, alzando la cabeza.

—Tendré que invitarte a mi reino antes de que te mueras.

—Bueno, viviré lo máximo posible, a la espera de que te hagas sabia.

—¿Crees que lo conseguiré?

—No lo creo, al fin y al cabo eres como un animal, Rei.

Nishino sonrió. Era una sonrisa extraña, como si fuera plenamente consciente de que no existía ninguna mujer en el mundo capaz de amarlo de verdad. Una sonrisa como la llama incolora de gas que un día vi.

Casi se me caían las lágrimas. Quiero volver a amarte, Nishino. Estuve a punto de decírselo, pero no pude.

—¡Que te vaya bien, Nishino! —eso fue lo único que le dije, allí clavada.

—A ti también, Rei —dijo, y se marchó a paso ligero por entre los torniquetes. En ningún momento volvió la vista atrás.

Cuando desapareció de mi alcance y miré a mis pies, una cigarra yacía en el suelo panza arriba. Al darle un toque con la punta de la sandalia, hizo un movimiento casi imperceptible.

Al siguiente instante, empezó a cantar.

En cuanto la miré, su chirrido se volvió más intenso. Un toquecito más con la punta del pie y, con un temblor de alas, la cigarra se echó a volar.

Ascendió hacia el cielo. El tenue ruido de su revoloteo permaneció largo rato en mis oídos.

Tsūtenkaku

Subaru tiene el pelo suave.

Me encanta acariciárselo. Pero ella siempre me dice que no le gusta, que lo odia. Afirma que no quiere que nadie le acaricie el pelo, ni la persona que más ama en este mundo. Subaru tiene la costumbre de realizar este tipo de aseveraciones muy a la ligera.

Pero yo conozco ese leve ronroneo que le sale del fondo de la garganta cuando Nishino le acaricia el pelo. Ese ruido felino. Ese ruido de gata satisfecha. Subaru estaba sentada en el suelo, con la espalda muy estirada, como la estiran los gatos. Nishino le pasó la mano por el lomo, le acarició también el culo y, después de darle un besito, se levantó.

—¡Nishinooo! —lo llamó Subaru. Su forma de llamarlo tenía un dejo a idioma extranjero. Cuando llamaba a Nishino, siempre arrastraba el final de la palabra. De tal modo que sonaba dulce y seco al mismo tiempo—. ¿Te marchas?

—Sí —contestó Nishino.

Se dirigió a la zona de detrás de la nevera, donde me había escondido yo, y dijo:

—Deja de espiarnos y sal de ahí.

En el piso en el que vivimos Subaru y yo, por alguna razón, la nevera, en vez de estar pegada a la pared, está colocada en medio de la habitación. Un día, Subaru la desplazó alegando que le hacía ilusión tenerla siempre a mano.

Nishino se marchó al instante. Subaru se tumbó en el suelo. Un polvo fino flotaba en medio de la luz que se colaba por la ventana. Donde no llegaba la luz, en cambio, no se veía nada. Tumbada, Subaru extendió la mano hacia un rayo de luz. Contrajo la palma como si intentara apresar el polvo.

—No consigo cogerlo.

—Eso es lo que se llama «efecto Tyndall» —dije en voz baja.

—¿Qué es ese *tin-como-se-llame*?

—El fenómeno que hace que se pueda ver el polvo.

—¿Cómo sabes tú eso, Tama? —preguntó Subaru, poniéndose de lado, apoyada en el codo.

Yo, con voz aún más baja, le respondí que lo había aprendido de Nishino. Subaru abrió la puerta de la nevera con el pie y, tras meter un rato la punta en el interior, volvió a cerrarla. La nevera no dejaba de emitir un zumbido.

—¡Qué bien! —dijo en voz alta. Habló de tal modo que cada sílaba, *qué-bien*, parecía una bola viscosa del mismo tamaño.

—Aunque no lo parezca, Nishino sabe un montón de cosas —dije yo, y Subaru volvió a pronunciar ese «¡qué bien!» formado por bolas viscosas.

Cuando me levanté, Subaru dio una voltereta. Una pequeña voltereta. Como su cuerpo era flexible, podía dar volteretas en espacios reducidos. Mientras daba la voltereta, puso cara de mal humor. Seguro que se había enfadado porque Nishino no le había dado un beso como es debido. Y porque yo sabía lo del *tin-como-se-llame* y ella no.

A Nishino lo había conocido hacía poco. Más bien fue Subaru quien lo atrajo. Se encontró con él en algún local y, tras varias horas de conversación, se lo trajo al piso.

—Dice que «quéééé sueeeeño» —me explicó Nishino en un tono sereno aquel día.

Subaru, dicho y hecho, se había tumbado lánguidamente en el suelo, como un charco acumulado sobre la tierra.

—Es la primera vez que oigo a una chica decir «¡qué sueño!» con tanto sueño —rio Nishino.

—Porque Subaru es una chica franca —respondí yo un poco antipática.

Me irritaba ella, por haber traído absurdamente a un desconocido a casa, y me irritaba él, que se había presentado en una vivienda ajena con todo el morro y, encima, no era que viniese en busca de sexo ni nada parecido. No se me dan bien esa clase de situaciones ambiguas. Para ti, Tama, solo existen el blanco o el negro, solía decirme Subaru. También están el rojo y el verde, el amarillo y el morado, le respondía yo, y Subaru se reía en voz alta. Su voz era cristalina. El hecho de que hubiera pronunciado las incautas palabras «¡qué sueño!» en ese tono frente a un desconocido me irritó todavía más.

—¿Quieres beber algo? —me preguntó Nishino mientras miraba a Subaru, que dormía sobre el suelo.

—No —contesté yo en el acto—. Para empezar, esta es nuestra casa, no la tuya.

Al hablarle en ese tono incisivo, Nishino entornó los ojos.

—Te llamas Tama-chan, ¿no?

—¿Eres de los que le añaden el *chan* a cualquier mujer? —le solté mientras lo miraba con desprecio.

Nishino, sin dar muestras de enfado, sacó una lata de té azul de su fino maletín.

—A cualquiera, no —dijo en cuanto tiró de la anilla—. Solo lo uso con las chicas a las que les sienta bien, como a ti, Tama-chan —un poco de té se derramó de la lata inclinada. Me dieron ganas de abofetearlo.

—Ya es hora de que empiece el día de mañana, así que vete de una vez —dije señalando la puerta. Subaru me habría dicho que señalar es de mala educación. En ciertos aspectos, era un poco chapada a la antigua.

—Me gusta esa expresión: «es hora de que empiece el día de mañana» —dijo Nishino, se levantó y se calzó en el recibidor sin dejar de beber su té. Con la mano en la que sujetaba el maletín empujó la puerta y, sin dejar de beber su té, salió. Luego se oyó el ruido que hizo al bajar por las escaleras de metal.

El pequeño trozo de cielo que se recortaba tras la puerta empezaba a adoptar los tonos de la mañana. Un aire fresco me subió por los pies. El día de mañana ya ha empezado, susurré. En realidad, el día siguiente empieza a las doce de la noche, pero yo siempre he tenido la sensación de que la franja horaria hasta que amanece sigue perteneciendo al día anterior. En cualquier caso, todo se termina con la luz del alba. Con ella llega el nuevo día en su auténtica esencia.

Me apresuré a cerrar la puerta y saqué el zumo de manzana de la nevera. De aquel recipiente alto de plástico, me serví más o menos la mitad de un vaso. Me lo tomé despacio, a sorbos. Creo que a Subaru le gusta Nishino, pensé. La nevera emitió un zumbido. Subaru se meneó un poco. Fui a taparla con la manta y, de paso, le acaricié un poco la mejilla. Cuando estaba dormida, no se quejaba aunque la acariciaran.

A partir de entonces, Nishino empezó a pasarse por el piso de vez en cuando. Lo hacía sin previo aviso.

—¿No sabes que lo normal es llamar por teléfono o avisar de algún modo?

Cuando le dije eso, Subaru, que estaba a mi lado, afirmó:

—Detesto los placeres anunciados.

Nishino simplemente se rio.

Muchas veces, cuando Nishino venía sin avisar, la única que estaba en casa era yo. A Subaru le gustaba salir a pasear porque sí.

—¿Por qué siempre estás acurrucada, Tamachan? —me preguntó Nishino en una ocasión.

Yo, por lo general, cuando estaba en casa me pasaba el tiempo encogida encima de una alfombra. Subaru decía de mí que, cuando salía, acababa agotada porque todo lo juzgo en términos de blanco o negro.

—Es que, cuando me acurruco, me siento en paz.
—Subaru, en cambio, siempre está estirada.
—¿No te dije que Subaru era franca?
—¿Y las chicas francas se estiran?
—Las refunfuñonas nos acurrucamos y las francas se estiran.

—Eres un poco rarita, Tama-chan —dijo Nishino admirado—. Por cierto, Tama-chan, ¿cuántos años tienes?

—Los mismos que Subaru. Veintiuno.

—¡Oh! —se sorprendió Nishino.

—En el año en que nacimos, el señor Ōnuki recogió cien millones de yenes, y cuando teníamos cuatro años apareció el «Monstruo de las veintiuna caras»* —ante aquella explicación, Nishino se quedó mirándome fijamente—. ¿Tan vieja te parezco?

—Es que tú, Tama-chan, aparentas quince, veinte o setenta.

—¿Cómo dices? —solté, y le tiré un cojín.

Nishino lo agarró con ambas manos y hundió la cara en él.

—Huele bien. ¿Es tu olor, Tama-chan? —me decía esa clase de cosas.

—Ahora que lo recuerdo: el día que nos conocimos, Subaru y yo estuvimos un buen rato divagando sobre qué haríamos con cien millones de yenes —me apresuré a decir apartando la mirada de Nishino, que jugaba con el cojín.

—¿Qué harías? —me preguntó.

—Si fuera yo, los enterraría y, de vez en cuando, los desenterraría y me quedaría mirándolos embobada con una sonrisa en la cara.

—Muy sensato.

—Claro.

---

* En 1980, Hisao Ōnuki, un conductor de camión, se encontró en una calle de Ginza, en Tokio, un bulto con cien millones de yenes. Aunque los llevó a la policía, como nadie reclamó el dinero, acabó quedándose con él y el caso se hizo famoso en todo Japón. Por otra parte, el «Monstruo de las veintiuna caras» es el nombre con que se hacían llamar los extorsionadores de los industriales Glico y Morinaga. *(N. del T.)*

—¿Y Subaru qué dice que haría?

—Pues dice que se compraría un perro, una caseta y un collar de perro.

—Para eso no le hacen falta cien millones de yenes.

—Al parecer, el collar sería de lujo, con diamantes, esmeraldas, rubíes y todo eso.

—Seguro que se lo robarían a la mínima.

—Sí. Pero ya lo tiene todo previsto.

—¿Qué haría si se lo roban?

—Dice que empezaría a echar pestes con toda su alma.

Nishino abrió los ojos de par en par. Luego se rio un poco:

—¿Echar pestes por cien millones de yenes? Me parece un despilfarro.

—Y dice que viviría feliz para el resto de su vida con el perro que le quedaría.

—¡Bah! —dijo Nishino. Esta vez entornó los ojos.

—Ya he decidido dónde enterraré los cien millones de yenes, y Subaru, en qué tienda se comprará ese lujoso collar para perros.

—Ahora solo os falta encontrar los cien millones.

Nishino se rio entre dientes. Empecé a arrepentirme de haberle hablado con tanta profusión de nuestros estúpidos sueños. Me puse de morros y volví a encogerme sobre la alfombra. Si tuviera cien millones de yenes, murmuró Nishino. Si tuviera cien millones de yenes, creo que podría hacer feliz a todas las chicas que conozco. Eso fue lo que murmuró.

Al cabo de un rato, se fue. Es que a las chicas no puede hacernos feliz otra persona, le dije enfadada ahora que ya no estaba. Solamente alcanzamos la felicidad por nuestros propios medios. ¡Idiota!

Agarré el cojín en el que Nishino había enterrado la cara y lo olí. Solo me olió a cojín. Me acurruqué sobre el suelo, pero no consiguió calmarme. Probé a acurrucarme tanto que la nariz me rozó la rodilla. Al poco rato me entró sueño, y entonces mi nariz se alejó de mi rodilla, extendí brazos y piernas y me distendí un poco. Me quedé dormida en esa misma postura.

—Por cierto, Nishino, ¿cuántos años tienes tú? —le pregunté la siguiente vez que vino a visitarnos.

Subaru veía la televisión que había en un rincón del piso. A ella le gusta la televisión. El televisor de casa está encendido el día entero. Para Subaru, que ni teléfono móvil tiene, es su único lujo.

—Treinta y uno. El año en que nací secuestraron el Yodo-gō, y cuando tenía cuatro años apareció Sekiguchi, el doblador de cucharas*.

—Entonces eres del año de la pera, ¿no? —le pregunté yo—. ¿Qué es eso de Yodo-gō?

—Me maté a practicar para intentar doblar cucharas, pero nada —murmuró Nishino con nostalgia, sin responder a mi pregunta.

—A veces, Subaru dobla cucharas —dije yo, y Nishino abrió los ojos de par en par. Al abrirlos, sus

---

* Yodo-gō es el nombre con que se conoce el vuelo 351 de la Japan Airlines que fue secuestrado por miembros de la Facción del Ejército Rojo-Liga Comunista Japonesa en 1970. Cuatro años más tarde, un niño de doce años llamado Jun Sekiguchi, con supuestos poderes sobrenaturales, apareció en televisión doblando cucharas. *(N. del T.)*

cejas descendieron y se quedó con cara de atontada—. Las dobla como si nada cuando está enfadada o en momentos parecidos. También rompe vasos y tumba sillas de una patada —seguí yo, y a Nishino le hizo gracia. Es que Subaru es muy franca. Ella estaba de espaldas a nosotros, enfrascada en la televisión, de tal modo que no quedaba claro si prestaba atención o no a nuestra charla—. ¿A Subaru no le añades el *chan*? —le pregunté, y Nishino sacudió la cabeza.

—No, a ella no le pega.

Cuando me dijo eso, yo me indigné. Pese a que no me gustaban las chicas a las que les sienta bien el *chan*, me cabreó que me dijera que no le pegaba. A Subaru le sientan bien todas las cosas del mundo. Solo que Nishino no lo sabe. Yo me acurruqué sobre la alfombra. Pegando la oreja a la alfombra capté la previsión meteorológica de modo asordinado. A Subaru le encantaba el parte y, cuando empezaba, subía el volumen: *Fuertes nevadas en Sekigahara y zonas aledañas. Se espera una cota de nieve de entre treinta y cincuenta centímetros a lo largo de las montañas septentrionales. Fuerte marejada en el litoral. Si piensan salir, guarden la debida precaución.*

Nishino se quedó mirando a Subaru, concentrada en el parte meteorológico. Si nieva, haremos un muñeco de nieve, Subaru y yo, pensé mientras mantenía la oreja fuertemente pegada a la alfombra.

—¿De qué vivís vosotras dos? —le preguntó Nishino a Subaru.

—De nada —contestó ella.

—Eso no es una respuesta —se rio Nishino.

—Hacemos trabajillos —contesté yo en su lugar—. Subaru en Shima, yo hago de todo.

Shima era el local en el que ayudaba Subaru cuatro días a la semana. Era una taberna de estilo español, cuyo dueño, un señor de mediana edad, se llamaba Shima. Cuando le pregunté a Subaru en qué consistía eso del «estilo español», ella me contestó que usaban ajo en todos los platos.

Shima y Subaru habían sido amantes durante una época. En cierta ocasión, vino a casa. ¡Ostras, qué piso más pequeño! ¿Sois capaces de vivir las dos en este sitio?, dijo mientras echaba un vistazo al interior. ¿Qué narices le ves a este tío?, le pregunté a Subaru una vez que Shima se hubo marchado. Me gusta que tenga las piernas fuertes, contestó ella. Es que a mí me gustan los hombres con las piernas y los brazos fuertes.

Al poco tiempo, Subaru lo dejó con Shima, pero a la vez empezó a ayudarle en el local. ¿No suele ser al revés? Si rompes, dejas de trabajar, ¿no?, dije yo, y Subaru, mirándome fijamente, me dijo: No es bueno mezclar lo público y lo privado, Tama.

—Yo lo que quiero es ahorrar dinero. A punta pala —dijo Subaru.

—¿Para qué? —le preguntó Nishino.

—Para vivir al lado de la torre Tsūtenkaku —contestó Subaru mientras sorbía su té. Se lo había servido Nishino. Subaru siempre bebía té inglés con un montón de leche caliente.

—¿Por qué la torre Tsūtenkaku? —Nishino también se estaba tomando un té.

—Es que, cuando la diseñaron, la idea era que fuera una mezcla entre el Arco de Triunfo de París y la torre Eiffel —explicó ella. Subaru conocía aquella historia al dedillo—. Era como si colocaran la torre Eiffel encima del Arco del Triunfo.

—¡Impresionante! —dijo Nishino.

—La verdad es que sí —asintió Subaru—. Pero se quemó en un incendio. La actual es la segunda.

—¿Por qué quieres vivir al lado de la torre Tsūtenkaku? —preguntó Nishino.

—¿No te parece guay? —contestó ella.

—Con lo bien que estaríamos al lado de la torre de Tokio... —dije yo en voz baja, y Subaru sacudió la cabeza a ambos lados.

—La torre de Tokio me da una sensación de soledad.

—¿En serio? ¿Te parece solitaria? —dijo Nishino—. No da sensación de soledad.

Mientras vivamos juntas, sea al lado de la torre de Tokio o donde sea, nunca nos sentiremos solas, opiné yo también. Sin expresarlo en voz alta. En mi mente.

Nishino, ¿Subaru y tú sois pareja? Eso también lo pregunté sin expresarlo en voz alta. Era difícil calar hondo tanto al uno como a la otra; hasta entonces, siempre había reconocido cuándo un hombre era el novio de Subaru, pero con Nishino no tenía ni idea. A mí me gustan las cosas blancas o negras: esto sí que lo murmuré hacia fuera. Ambos, blanco y negro, son parecidos, dijo Nishino. Cuando suba a la Tsūtenkaku, vestiré un abrigo y unas botas de un blanco puro, dijo Subaru casi canturreando. ¿Todavía no has subido a la Tsūtenkaku?, preguntó Nishino. No. Ni la he visto, contestó ella. Pues ojalá consigas ahorrar pronto lo suficiente, dijo Nishino. Yo mismo te llevaré, pensó decir Nishino a continuación, pero no lo hizo. Se quedó mirándola. Subaru también se quedó mirando a Nishino. Yo era la única que miraba por la ventana.

Me dolía un poco el corazón, quizá sentía envidia de algo. Pero no sabía de qué. Estaba a punto de nevar. El té que Nishino me había servido se había enfriado por completo.

Quiero hacerte el amor, Tama-chan, me dijo Nishino un día particularmente frío de aquel invierno.

Estaba un poco borracho, cosa extraña en él. ¿Subaru y tú tenéis una relación?, preguntó. Aquel día, Subaru también había salido a pasear.

Y a ti qué te importa, contesté yo de mal humor. Nishino me pidió perdón. Luego, tranquilamente, siguió diciéndome que le apetecía hacerme el amor.

Como era la primera vez que usaban la expresión «hacer el amor» conmigo, no supe qué hacer. Los chicos no suelen decir «hacer el amor». Usan palabras más superficiales. Me dieron ganas de reírme. Subaru y yo nos habíamos arrimado la una a la otra desnudas, nos habíamos besado y acariciado unas cuantas veces. Quizá si hubiésemos sabido mejor cómo hacerlo entre dos chicas, Subaru habría acabado siendo mi amante, tanto carnal como sentimentalmente, pero la cosa no funcionó. La verdad es que yo tenía cierto miedo a que funcionase. No sé qué pensaría Subaru.

¿Hacer el amor?, dije riéndome, y Nishino me abrazó contra su pecho. Me acarició la cabeza. ¡Qué gusto!, pensé yo. ¿Por qué será que Subaru detesta que la acaricien? Tú tienes el pelo sedoso, Tama-chan. El de Subaru es más bien mullido, dijo Nishino. Sentí el olor a alcohol de su aliento.

Lo hicimos allí mismo, en el suelo. Nishino tenía los brazos duros. Duros y fuertes. Cuando terminamos, me sentí triste. ¿Por qué conmigo?, le pregunté. Porque yo a ti te gusto, Tama-chan, contestó él con voz triste. Este hombre está tan triste como yo, pensé.

¿Qué será lo que más feliz hace a Subaru?, susurró Nishino. Ella es feliz haga lo que haga, contesté yo en voz baja. Aunque sabía que, en realidad, no era así. Si Subaru hubiera entrado en ese momento, se habría sentido desgraciada. Terriblemente desgraciada.

Subaru y tú ¿sois pareja?, resolví preguntarle. Yo diría que sí, pero no sé qué piensa ella, contestó Nishino. Solté un suspiro. Nishino alzó la cara. La puerta de la entrada se abrió. Yo me quedé quieta. Tenía la oreja pegada a la alfombra. Oí cómo alguien tragaba saliva. Nishino se levantó. Subaru debió de retroceder, porque se oyó un ruido sordo, como si hubiese chocado contra la puerta. Subaru, la llamó Nishino. Subaru no contestó. No es lo que piensas, dijo Nishino. ¿Qué es lo que pienso?, preguntó Subaru con voz áspera. No es lo que piensas, repitió él. Se oyó cómo la puerta se cerraba y, acto seguido, unos pasos metálicos resonaron escalera abajo. Yo cerré los ojos y me quedé con la oreja pegada a la alfombra.

Nishino permaneció allí de pie durante un rato. Tenía la piel de gallina desde el tobillo, que estaba justo a mi lado, hasta la rodilla. ¿A qué te referías con «no es lo que piensas», Nishino?, lo interpelé yo también para mis adentros. Probé a tocarle un pie. Nishino se sentó despacio. Tama-chan, susurró. ¿Sí?, respondí yo. Tama-chan, dijo él una vez más. ¿Sí?, repetí. A continuación nos abrazamos flojamente. La nevera zumbaba.

Aquella nevera, por cierto, era el motivo por el que Subaru y yo habíamos acabado viviendo juntas. Me han dado este viejo armatoste y no tengo sitio donde ponerlo, me dijo Subaru un buen día. Por aquel entonces, ella vivía en un piso aún más pequeño que el actual, con poco espacio para cocinar.

Precisamente, acaba de estropeárseme la nevera, le dije, así que nos pusimos a buscar piso. Fuimos juntas a ver unos cuantos, pero a Subaru le gustaban todos. A mí me tocaba poner pegas: que si es poco luminoso, que si tiene poca cabida. La mudanza fue sencilla: consistió en trasladar la nevera y los escasos efectos personales. Como Subaru y yo éramos pobres, teníamos pocas cosas. Vamos a tomarnos unos *soba**, dijo Subaru, y comimos en un local de *soba* cercano: Subaru pidió *okame-soba* y yo, *tsukimi-soba*.

A la nevera, Subaru la llamaba «señora Zozo». Solía abrir la puerta de la nevera con el pie, me preguntaba si le caería algún castigo por meterle el pie a la señora Zozo, y dejaba la punta metida un rato. No dejaba de hacerlo por más que yo le llamara la atención. Sí que es ruidosa la señora Zozo, decía, e imitaba el zumbido que producía.

De hecho, Subaru también le había puesto nombre a la televisión. La llamaba «Sayoko». ¡Qué trabajadora eres, Sayoko, de verdad! Estás irradiando luz todo el día, decía con la mirada fija en la pantalla. Cuando empezaba el ruido blanco, se pegaba todavía

---

* En Japón existe la tradición de comer fideos *soba* después de una mudanza. *(N. del T.)*

más a la pantalla. Seguro que detrás de esa especie de nieve está la torre Tsūtenkaku, soltaba sentada frente a Sayoko.

Yo era incapaz de pronunciar los nombres de los dos aparatos. Me parecía ridículo. Subaru era una chica un poco absurda con el pelo suave a la que le gustaba salir a pasear.

Algún tiempo después del incidente, recibí una llamada de Subaru y salí hacia la estación de tren. Me había pedido que comprase un café en la máquina expendedora que había al lado del banco, en un extremo de la estación, y que la esperase.

Compré el café, tal como me había indicado, y estaba esperándola cuando, de pronto, apareció caminando a paso rápido por el andén. Me preocupaba qué cara traería, pero estaba igual que siempre. Me quitó la lata de café de la mano, levantó la anilla y se lo bebió.

—¿Por qué lo has comprado solo? —se quejó al instante—. Sabe amargo.

—Porque no sabía que era para ti —dije, y ella frunció el ceño.

—¿No se te ocurrió que podría ser una buena ocasión para redimirte, Tama?

—Lo siento, metí la pata —dije en voz baja.

—Hasta el fondo —dijo Subaru.

Luego, estuvimos sentadas en el banco un buen rato, hablando. ¿Sigues yendo a Shima? Sí. Nishino quería verte. Llamó por teléfono al local. La nevera está bien. Hazme el favor de cuidar a la señora Zozo. Sí. Te dejaré la llave dentro del buzón. Vale. Nishino me ha propuesto por teléfono que nos casemos. ¿Cómo? ¿En qué narices piensan los adultos?

Subaru se rio. Creo que no estoy hecha para casarme, dijo ella, y se levantó. Al menos, debió haberse puesto unos calzoncillos. Cuando lo vi allí plantado, en pelotas, resultaba ridículo y, al mismo tiempo, un poco entrañable, susurró Subaru. Por último, murmuró «Nishinooo» en voz baja y se echó a andar por el andén.

Yo la acompañé con la mirada hasta el final. Fue la última vez que la vi.

—Me dijo que se iba a ver la torre Tsūtenkaku —comentó Shima—. Que le prestara algo de dinero. Eso fue todo.

Había ido con Nishino al restaurante Shima. La primera vez que lo propuso me negué y le dije que no quería ir, pero Nishino insistió tanto que no me quedó más remedio. Shima nos hablaba con calma, mientras sofreía ajo al otro lado de la barra. ¿Qué narices tendrá en la cabeza esa chica?

—¿Cuánto te pidió prestado Subaru? Yo te pagaré —dijo Nishino precipitadamente.

—¿Por qué ibas a pagarlo tú? —preguntó extrañado Shima, mientras adornaba el jurel a la plancha con ajo y un poco de eneldo.

—Quiero asumir la responsabilidad —dijo Nishino en un tono tajante.

—Subaru no me ha dicho nada de eso —Shima colocó delante de nosotros aquel plato de «jurel a la española».

Vi los guantes de Subaru en la estantería que había al fondo de la barra. Seguro que volverá enseguida. Una vez vista la Tsūtentaku, ya no hay más que hacer, dijo Shima, y empezó a lavar platos. Entre tanto, tatareaba una canción.

Nishino y yo comimos jurel, caracoles a la española y un salteado de setas, todo acompañado por una copa de un vino español que nos había recomendado Shima en cuya etiqueta aparecía un toro dibujado. El salteado de setas era el plato preferido de Subaru, dije yo en voz baja, y Nishino, tras asentir con la cabeza, añadió: ¿Por qué no la habré invitado a un buen plato de salteado de setas?

Cuando salimos, caían algunos copos de nieve. ¿Sabes qué? En la Tsūtenkaku hay una estatua de Billiken. Si le acaricias la planta del pie, te concede todos tus deseos, dijo Nishino mirando al frente. ¿Billiken es ese que tiene la cabeza puntiaguda?, pregunté yo. El mismo. A Subaru le encantaría, contestó despacio Nishino.

Cómo me gustaría volver a acariciarle el pelo a Subaru, pensé. Nishino seguía caminando recto. Tampoco volveré a verlo a él, me dije luego para mis adentros. Después intenté imaginarme la Tsūtenkaku. Yo tampoco la había visto. Me hice la imagen de una torre llena de gente, alegre, bien iluminada. Y a Subaru riéndose en lo alto.

Poniéndome de puntillas, le di un beso a Nishino en la mejilla. La nieve empezaba a formar un fino manto sobre los capós de los coches. Mientras me decía a mí misma que, al final, Subaru y yo no habíamos podido hacer aquel muñeco de nieve, acaricié suavemente la nieve que cubría el capó.

Profundamente

Yo, «la novia». Nishino-kun*, «un buen amigo». Nishino y yo nos reíamos llamándonos así.

Sí. Para Nau, yo era su «novia». Y Nishino, un «buen amigo».

Nau es un gato tricolor. Delgado, flexible y tranquilo. En verano, empezó a frecuentar el balcón de mi piso.

Yo estaba abanicándome mientras escuchaba la radio. La Far East Network sonaba a bajo volumen. Ponían canciones que estaban de moda cuando yo tenía veinte años, casi veinte años atrás. Mientras sacudía el abanico, acompañaba la música tatareando las melodías.

Noté que había algo que se desplazaba con agilidad. Al quedarme mirando a través del mosquitero de la ventana, vi un gato. Estuvo dando vueltas por el balcón y, poco después, se sentó sobre la lavadora. Lo observé fijamente, y él me devolvió la mirada.

Dejé a un lado el abanico y probé a llamarlo con un maullido: «¡Miau!». El gato se quedó callado. Al repetir una vez más «¡miau!», el gato maulló. Sonó como si dijese «¡nau!».

Abrí el mosquitero. En vez de huir, el gato se quedó mirándome a la cara. «¿Tienes hambre?», le

---

* Sufijo usado normalmente con nombres de chicos jóvenes para denotar cariño o familiaridad. *(N. del T.)*

pregunté, y volvió a maullar. «¡Nau!» Regresé adentro, le llevé un hueso de melocotón que había quedado sobre un plato y, al dejarlo en el suelo del balcón, el gato saltó de la lavadora y lo lamió. Alrededor del hueso todavía quedaba algo de pulpa. Estuvo lamiéndola un rato. El movimiento de su pequeña lengua sobre el hueso de melocotón era enternecedor. Sobre el plato, el hueso resultaba pequeño y, sin embargo, comparado con la cabeza del gato, era enorme.

Unos instantes después, el gato volvió a subirse a la lavadora y se desplazó a la barandilla del balcón. De ahí dio un salto a tierra firme. En el momento en que alcanzó el suelo, se oyó un ruido blando.

Lo llamé: «¡Miau!», y tras darse la vuelta y responder: «¡Nau!», se marchó.

Las hormigas empezaron a circundar el hueso de melocotón que había quedado en el balcón. Lo recogí con un pañuelo de papel y lo envolví cuidadosamente. Entré en el piso y tiré el hueso envuelto en el pañuelo a la papelera.

Así que te llamas Nau, ¿eh?, dije yo en voz baja, pensando en el gato que acababa de irse. En la radio estaban dando una noticia en un inglés hablado a toda velocidad. Frente al piso, las cigarras chirriaban en los árboles del parque. «Nau», dije yo en voz ligeramente alta. Sonaba bien. «Nau», repetí en alto una vez más. Luego me dirigí al baño para darme una ducha.

Nau intercambió sus primeras palabras con Nishino cuando empezó a aparecer por mi piso. Nishino vivía en el apartamento de al lado. Los dos nos habíamos mudado al poco de construirse el edificio y hacía ya más de cinco años que éramos vecinos. Sin embargo, comenzamos a hablar con más frecuencia cuando Nau apareció. Hasta entonces, si nos cruzábamos en el pasillo, nos limitábamos a saludarnos con la cabeza, evitando mirarnos a los ojos.

Yo estaba colocando un jurel en el balcón para Nau cuando Nishino me dirigió la palabra.

Decidí servírselo en un grueso plato de color marrón. Me había dado por comprárselo un día, en una pequeña tienda de antigüedades repleta de macetas, copitas y cuencos que había de camino a la estación. Tenía pintadas dos o tres carpas o carpines nadando en un extremo del plato. A pesar de ser una antigüedad, no había sido demasiado caro, porque el borde estaba desportillado. El día que lo compré, lo lavé bien (ya que la tienda estaba un poco polvorienta) y probé a colocar sobre él un *mezashi** a la parrilla.

—Qué plato más bonito —dijo Nishino, mirando ligeramente hacia arriba, puesto que yo estaba en el balcón, a poca altura de la acera.

—¿Eh? —contesté yo. Sin duda, puse cara de desconfianza.

—¿Es para el gato? —prosiguió Nishino sin darse cuenta de mi gesto.

—Sí —pensé en decirle que no era un gato, que era Nau, pero fue más fuerte el sentimiento de querer ocultarle el nombre de Nau.

---

* Plato que se prepara ensartando con una brocheta los ojos de varios peces pequeños en salazón y desecados. *(N. del T.)*

Nishino-kun se quedó allí parado, mirando hacia arriba. Yo deposité el plato que tenía en la mano en el suelo del balcón. Cuando miraba hacia arriba, la cara de Nishino se parecía un poco a la de Nau. Tenía una expresión un tanto insolente y, al mismo tiempo, delicada. Debía de pasar de los treinta, pero había en él un extraño aire juvenil que me provocaba ganas de añadir el diminutivo *kun* a su nombre cuando me dirigía a él.

Poco después, Nau apareció con sus maullidos. Se comió con fruición el jurel guisado. Yo me había olvidado por completo de Nishino-kun y miraba fijamente a Nau. Tras dejar el plato limpio, Nau saltó a la barandilla y bajó a la calle.

Nishino lo llamó: «¡Miau!», y Nau se acercó rozándolo. Al ser acariciado, Nau entrecerró los ojos y ronroneó.

—Es muy afable —dijo Nishino mientras lo acariciaba.

—La verdad es que sí —contesté yo aparentando tranquilidad, aunque para mis adentros me fastidiase. ¿Por qué ronroneaba delante de un desconocido?

—Quizá le dé de comer yo también —dijo Nishino-kun con una afabilidad similar a la de Nau.

En vez de responder, me limité a esbozar una ligera sonrisa. Luego cogí el plato y me metí apresuradamente en casa. Nishino seguía mirando hacia arriba, como si estuviera a punto de decir algo, pero yo cerré con un toque rápido el mosquitero.

Me parecía una persona un tanto rara. Más tarde Nishino me confesó que, en aquella época, yo le daba la impresión de ser rara. Quién se habría imaginado que dos meses después me convertiría en «la novia», por llamarlo de alguna manera, de Nishino-kun.

Nishino-kun se coló en mi piso del mismo modo que Nau se había colado en mi balcón.

Aunque no maullaba como Nau, entró en mi corazón con un garbo semejante. Yo le abrí la puerta, lo acogí y, al principio, lo recibí no con un hueso de melocotón sino con cacahuetes y aperitivos, pero después de algún tiempo incluso empecé a agasajarlo con su plato y su cuenco favoritos.

—¿El gato viene todos los días? —me preguntó Nishino.

—No es «el gato», es Nau —contesté yo, y Nishino se rio.

—Hasta ahora siempre lo he llamado «minino».

—Le pega más «Nau» que «minino», ¿no crees? —mientras yo decía eso, Nishino-kun me dio un besito. A continuación cogió el grueso plato de Nau que yo había colocado debajo de la mesa baja.

—Qué pieza más bonita —Nishino miró el plato desde todos los ángulos.

—Fue una ganga.

—Es una lástima que la uses para dar de comer a Nau.

—Es que Nau es mi novio.

—¿Que es tu novio? —Nishino-kun se rio—. Entonces ¿qué soy yo para ti, Eriko?

—Supongo que un buen amigo.

Nishino-kun se rio y me dio un beso más fogoso que el anterior.

—Y ahora ¿sigo siendo un buen amigo? —me preguntó con voz dulce.

—Por supuesto —contesté yo con una sonrisa.

—¿De veras prefieres a Nau? —dijo Nishino con aire descontento, aunque sus ojos se reían.

—Yo lo prefiero a él y él me prefiere a mí.

—O sea, que no solo soy un mero buen amigo para ti, sino también para Nau.

Nishino soltó un largo suspiro. Luego se tapó la cara y fingió que sollozaba.

—Tampoco te deprimas tanto, hombre —le dije, y al instante siguiente, mirando por entre los dedos que le tapaban el rostro, estalló en carcajadas. Yo también me eché a reír con él.

—Qué fría eres, Eriko, de verdad —dijo Nishino con voz de falsete, y me dio un abrazo. Luego tumbó con delicadeza mi cuerpo sobre la alfombra y me besó con suma ternura.

Tenía el brazo estirado y a veces tocaba el plato marrón de Nau, que chocaba repetidamente contra el suelo. Empezaba a sentir algo por Nishino. En el momento menos pensado, me enamoraría de él. Pero no lo amaría. Jamás lo amaría. Yo misma lo había decidido.

Una vez fracasé en el matrimonio. Se suponía que mi marido y yo nos amábamos con locura. Pero no funcionaba. No fue culpa de él ni mía. Simplemente descubrimos que no funcionaba. Un buen día, de repente.

No es que me hubiera vuelto cobarde a raíz de aquello. Tal vez empecé a ser más observadora, a pensar más. Ser muy observadora, darles vueltas a las cosas suele producir un sentimiento de zozobra ante cualquier relación amorosa en general.

—¿Por qué no puedo ser yo tu novio? —me preguntaba Nishino-kun a menudo. Como un niño mimado. Un niño mimado de treinta y cinco años. Un niño mimado cinco años más joven que yo.

—Porque no quiero hacerme cargo de ti —contestaba yo acariciándole la mejilla.

—¿Cómo puedes decirme algo tan arrogante? —decía Nishino enfadado.

—¿Arrogante?

—La idea de que alguien tenga que hacerse cargo de otra persona me parece arrogante. Es altivo.

Ah, asentía yo. Ya veo, ya veo. Al asentir, Nishino se enfadaba todavía más. En vez de asombrarte, ¿por qué no te haces mi novia?, decía como si estuviera cabreado, aunque sus ojos se reían.

Si Nishino-kun se encariñó conmigo, fue quizá porque lo trataba sin efusión. Sin lugar a dudas, en cuanto empezara a ser más efusiva, Nishino se escabulliría de mi lado. Y lo mismo pasaba conmigo. Nishino-kun y yo éramos de la misma casta. Esa fue la conclusión a la que llegué tras mucho observar y pensar.

—Además, Nau es más fiel que tú —dije, y Nishino agachó la cabeza desencantado.

—Así que un gato que aparece de repente te inspira más confianza que yo.

—Supongo que sí.

—¿Tan frívolo te parezco?

La verdad es que esa era exactamente la impresión que daba: un tipo frívolo. A partir de las diez de la noche, Nishino-kun recibía frecuentes llamadas al móvil. Todas de mujeres. A todas respondía con afabilidad y ternura.

—¿Por qué no haces el favor de apagar el móvil cuando vengas a verme? —le dije.

—Lo haré cuando seas mi novia, Eriko —me contestó, como siempre.

—Creo que te estás equivocando, Nishino-kun —dije yo, y él asintió con gesto serio.

—Sé mejor que nadie que me estoy equivocando.

Nishino, que se caracterizaba por su insolencia, en ese momento habló totalmente en serio.

—Pues entonces, a partir de ahora ve por el buen camino —le dije, y él, mirándome a la cara, soltó un suspiro.

—Me da miedo adentrarme en el buen camino —dijo con un gesto idéntico al de Nau.

—¿Por qué te da miedo?

—Porque acabaría llevando una vida recta.

—¿Y eso te disgusta?

—No es que me disguste. Me da miedo —dijo a toda velocidad.

Acto seguido, hundió la cara en mi pecho. Es que me encantan los pechos, los de mujer, decía él siempre. Nishino-kun se quedó un rato quieto con la cara hundida en mi pecho. Su móvil sonaba, pero no lo atendía. ¿No deberías cogerlo?, le pregunté. No, contestó él. Estoy siendo sincero contigo, pero tú me maltratas, Eriko, dijo con la cara hundida en mi pecho. Yo, abstraída, me había quedado mirando el plato de Nau. Empiezo a sentir algo por Nishino, pero está claro que no lo amo, pensé. También me dije que la palabra *amar* era un tanto rara. Se parecía a la tienda de antigüedades donde había comprado el plato de Nau. Silenciosa, polvorienta. Pilas y pilas de objetos que huelen a pasado. Un poco triste y nostálgica.

Calladamente, Nishino-kun cerró los ojos en medio de mi pecho.

Nishino-kun se marchó poco antes de que Nau desapareciera.

—Me envían a otra ciudad —dijo.

—¿Ah, sí? —contesté yo serena.

—¿No quieres casarte conmigo, Eriko? —dijo Nishino, mirando en diagonal, de tal forma que sus ojos no se encontrasen con los míos.

Yo me limité a reír, no respondí.

Nishino me miró de reojo y, acto seguido, apartó la vista. En el plato de Nau quedaba una sardina empezada. Después de apartar la vista, Nishino-kun clavó la mirada en el pescado.

—¿No me digas que quieres esa sardina? —le pregunté.

—Sí —contestó Nishino-kun en voz baja—. ¡Quién fuera Nau y pudiera recibir de tus manos todos los días sardinas, jureles y caballa!

Lo dijo en un tono chistoso. Yo solté una carcajada. Pero al instante siguiente, paré de reír: me di cuenta de que sus ojos no se estaban riendo.

—¿No estarás hablando en serio? —le pregunté, y Nishino bajó los ojos.

—No lo sé —contestó—. Hasta ahora he tenido cuidado para que no me pasaran estas cosas.

Yo me reí de que hubiera dicho que «había tenido cuidado». Él también se rio. Lentamente, me aparté de él. Mis instintos me decían que era mejor que no me acercara. Si lo hacía, acabaría amándolo de verdad. Y puede que él también se acabara enamorando de mí de verdad.

En silencio, llevé el plato de Nau al fregadero. Tiré la sardina a medio comer en el recipiente para restos de comida que había en el fregadero y me puse a lavar el plato. Entre tanto, sentía la mirada de Nishino. Era tan intensa que, de pie frente al fregadero, noté un dolor en el hombro. Nau es mi único novio. Nau y nadie más, recité para mis adentros mientras enjuagaba el plato.

—Eriko —dijo Nishino-kun.

—¿Qué? —contesté de espaldas en un tono despreocupado.

—Eriko —volvió a decir Nishino.

Yo no me di la vuelta. El plato de Nau brillaba, pero seguí aclarándolo.

—Te llamaré —me dijo—. Te llamaré todas las noches.

—Ya —contesté yo. De espaldas a Nishino.

Y Nishino-kun se marchó.

Yo seguí lavando el plato de Nau después de que él hubiera salido de mi piso. Estaba reluciente. Pese a ser viejo y deslucido, bajo el agua presentaba un bonito brillo.

Lo he superado, pensé. Me he zafado. Sin amarlo. Y como no lo he amado, no le he hecho daño. Ni él me ha hecho daño a mí.

Sin prisas, me di un baño, me hice la manicura y me puse una mascarilla facial. Me pregunté a mí misma varias veces si mi corazón estaba agitado o no. Lo único que había era una marejadilla.

Me metí en la cama, cerré los ojos, intenté conciliar el sueño. No conseguía quedarme dormida. Pensé en Nau. Me dije que, al día siguiente, le ofrecería un banquete de *sashimi* de atún.

Tan pronto como pensé en ello, vino la ola. Una ola enorme. Extrañaba a Nishino. No es que lo ame, intenté decirme apretando los dientes. No es amor. Simplemente me he acostumbrado un poco a su presencia, pero no ha funcionado, intenté decirme.

Al cabo de un rato, el sueño me fue invadiendo poco a poco. Ahora que lo pensaba, el móvil de Nishino-kun no había sonado en toda la noche. No recibió ni una sola llamada de chicas, como era habitual.

Antes de quedarme dormida me di cuenta de que seguramente había apagado el teléfono. Un instante después de darme cuenta, caí en un profundo sueño, temiéndome que quizá Nishino-kun fuese en serio.

¿Y cuándo se marchó Nau?

La última vez que lo vi debió de ser el día de Ōmisoka, la nochevieja. Nau no había dejado ni una miga de los restos de salmón envueltos en algas. Cuando lo llamé por su nombre, me contestó: «¡Nau!». Igual que de costumbre.

Pero al día siguiente dejó de aparecer. Al principio me reí diciéndome que, como era año nuevo, se habría tomado el día libre, pero pasó una semana, pasó un mes y seguía sin noticias de él.

Unos tres meses después de que Nishino-kun se hubiera marchado, sus llamadas empezaron a espaciarse. En la misma época, Nau dejó de pasarse por casa.

Así que tu novio y tu buen amigo te han abandonado, ¿eh?, susurraba a veces para mí misma, cuando salía al balcón a tomar el sol en invierno. Echaba de menos a Nau. «Nau, te echo de menos», decía luego en voz alta en alguna ocasión. Lo que jamás afirmé fue que echase de menos a Nishino-kun. Naturalmente.

Lavé bien lavado el plato de Nau y lo coloqué en la fila de abajo de los estantes para la vajilla. A veces venían otros gatos que no eran Nau, pero no les daba de comer. De vez en cuando, recordaba vivamente aquel tono de voz y aquellos gestos de indiferencia, aunque al mismo tiempo delicados, de Nishino-kun.

¿A qué le tenía miedo Nishino-kun? ¿Y a qué le había tenido miedo yo para no amarlo? Antes, pensaba que tenía las cosas claras, pero visto desde el presente todo resulta ambiguo. Ni siquiera conseguía recordar los ágiles andares de Nau.

Allí donde estuviese, ¿seguiría teniendo cuidado Nishino-kun de no enamorarse de verdad? ¿Seguiría charlando con tantas chicas, tirándoles los tejos de vez en cuando en aquel tono afable?

Hay instantes en los que pienso que ojalá le hubiese dado sardinas, jureles y caballa todos los días. Y ojalá hubiéramos podido ser felices juntos hasta la muerte. Sin embargo, esos instantes pasan enseguida. Al único que echo de menos es a Nau. Lo añoro profundamente. «Nau», lo llamo. Luego, en voz baja: «Nishino-kun».

La única presencia en el balcón, el sol invernal que lo baña.

Marimo

Conocí a Nishino en un curso de «Ahorro energético en la cocina». Se celebraba dos veces al mes en la casa de mi vecino, el profesor Yamamoto. Tal como el nombre indica, consistía en unas clases de cocina con el objetivo de ahorrar en consumo.

Empecé a asistir al curso porque en un periódico local había leído un anuncio: «Curso de ahorro energético en la cocina: ¡ahorre treinta mil yenes al mes y diviértase cocinando sin despilfarrar!». Mientras me decía que era un chollo, ocupé toda la mañana en limpiar el jardín de malas hierbas. Como suele ocurrir con la mayoría de las personas que se dedican a ser amas de casa a tiempo completo, me gustaba la palabra *ahorro*.

Ahorro. Buena relación calidad-precio. Ganga. Ese tipo de palabras me dejan extasiada. Siempre he adorado esas palabras, tanto en la llamada época del *boom* económico como en la de la burbuja financiera e inmobiliaria o en la crisis. No se trata de no gastar dinero. Compré una casa de ciento veintidós metros cuadrados, de dos plantas con garaje, más un terreno de ochenta y tres metros cuadrados. Mandé a mis dos hijas a la universidad. Los banquetes de sus bodas fueron por todo lo alto, de esos en que cada asiento está marcado con el nombre del invitado. Como tenía que coger un avión cada vez que quería visitar la tumba familiar, mandamos construir un nuevo panteón en un enorme cementerio a una hora en coche y pedí que se enterrase allí una parte de las cenizas. Para poder ir despreocupadamente al cementerio (el ir a presentar sus respetos a los muertos es una de las aficiones de mi marido, al menos lo ha sido durante los últimos años. Hasta que nuestras hijas se hicieron mayores, su *hobby* era salir de excursión), cambiamos el Nissan Sunny blanco con veintitrés años a cuestas por un Micra rojo (yo no quería tener un coche rojo, pero mi marido insistió. A pesar de que llevábamos viviendo juntos más de treinta años, jamás habría sospechado que deseaba un coche rojo. La vida es impredecible. Hasta en el color de coche que le gusta a tu marido. Y todavía más en lo que a Nishino se refiere).

Al terminar de arrancar malas hierbas, me apoyé contra la puerta de la entrada y, llena de orgullo, me quedé mirando el jardín, cuando la señora Kobayashi, que vivía tres casas más allá, me llamó. Siempre que estoy cuidando el jardín, la señora Kobayashi pasa y me habla: «¡Vaya, qué trabajadora es usted, señora Sasaki!». Todos los días da varias vueltas al vecindario y, con cada persona que ve, se para a hablar. Mi casa, naturalmente, forma parte de la ruta de la señora Kobayashi.

—¡Vaya, qué trabajadora es usted, señora Sasaki!

Ese día la señora Kobayashi también se dirigió a mí. Si me hubiera encontrado en la puerta, a punto de salir, me habría dicho: «¡Vaya ¿adónde va usted?», y si estuviera de vuelta: «¡Vaya ¿de dónde viene?». Tenía una serie de fórmulas preestablecidas, igual que los pasos de la ceremonia del té.

—Es que es un desastre de jardín, y si no arranco las malas hierbas...

Yo también contestaba siguiendo unos patrones. Durante exactamente siete minutos y medio, la señora Kobayashi habló sin parar sobre la baja natalidad, el calentamiento global y la gente joven y soltera que no cumplía las normas de recogida de la basura. A esas alturas yo ya llevaba el recuento de cuántos minutos podía tirarse hablando sola. El máximo eran trece minutos y veinticinco segundos; el mínimo, cuarenta segundos. La vez que habló cuarenta segundos fue porque un chaparrón la cogió por sorpresa. Está visto que ningún ser humano le gana a la madre naturaleza.

Últimamente, los temas que preocupaban a la señora Kobayashi parecían ser la gente que no se casaba pasados los treinta, los matrimonios que después de casados no tenían hijos y la ecología. La gente que no se casaba y las parejas que no tenían hijos eran objeto de reprobación. La ecología, en cambio, era santo de su devoción, y censuraba, naturalmente, a quienes no se preocupaban por las cuestiones ecológicas. La señora Kobayashi era dueña de un pensamiento dualista. Quizá de joven se había iniciado en la filosofía cartesiana.

—Es un problema que los cuervos vengan a picotear las bolsas de basura —dije yo aprovechando el instante de silencio tras esos siete minutos y medio de monólogo ininterrumpido.

En los veinticinco años que llevaba viviendo allí había aprendido que, si no sabías cómo seguirle la corriente a la señora Kobayashi corrías el riesgo de que te guardara rencor. Si preguntaba, había que ofrecerle una respuesta, aunque resultara incoherente. Las relaciones humanas no se pueden expresar en términos matemáticos.

Sin embargo, ese día la señora Kobayashi vino con la noticia del curso de cocina del profesor Yamamoto. Me alegró que no aludiera en ningún momento a su opinión sobre las opciones de no casarse y no tener hijos. Me dijo que había plazas libres en el curso. Al instante le pedí que me apuntara. La señora Kobayashi era la encargada de inscribir a los participantes.

Nishino descollaba entre todas las mujeres en la flor de la vida que constituían el grueso del grupo (lo de llamar «mujeres en la flor de la vida», *myōrei,* a las mujeres de mi edad es cosa mía. La primera parte de la palabra *myōrei* se compone a su vez de los ideogramas «mujer» y «pequeña», y se refiere, por lo tanto, a una chica joven. Pero a su vez presenta los siguientes significados: 1. extremadamente diestro; 2. extraño; 3. profundo sentido de la rectitud. Siguiendo esa lógica, un día se me ocurrió que, en varios sentidos, tal definición correspondía antes a una mujer madura que a una muchacha joven).

Para empezar, Nishino era un hombre apuesto. Después, era aseado. Además, era amable y cortés. Y para terminar, trabajaba en una buena empresa.

Las mujeres en la flor de la vida estaban encendidas. Y yo no era la excepción. No sé, pero se podría decir que Nishino era la mismísima encarnación del concepto de «ganga».

—¿Y cómo es que no está en la empresa? —se adelantó a preguntar la señora Kobayashi, después de que lo hubieran sometido a un interrogatorio sobre su vida (en las pausas del primer día de curso, las mujeres en la flor de la vida acribillaron a Nishino abiertamente y sin ningún pudor con preguntas de lo más variopinto)—. A estas horas del día... ¿Acaso se ha escapado del trabajo?

Nishino contestó de manera cortés a esa pregunta tan descarada. El departamento al cual lo habían destinado dentro de la empresa comerciaba con ollas y cacerolas hechas en Europa. Con los tiempos que corrían, en los que se apelaba a los valores ecológicos, existía una demanda de baterías de cocina que evitasen el desperdicio de los alimentos. Por todo ello, lo habían enviado allí a fin de recabar información.

Al principio, la señora Kobayashi escuchó con cierto recelo aquella explicación tan formal (más tarde, el propio Nishino me confesó que había usado ese tono adrede. «Es una técnica de marketing», me dijo con una sonrisa de oreja a oreja), pero, cuando Nishino aludió a la «ecología» y a «evitar desperdicios», su gesto se fue distendiendo y, desde entonces, Nishino le cayó en gracia. Cuando una persona le cae en gracia a la señora Kobayashi, se ve obligada a tener que soportar cada día el ritual de sus peroratas. Sin embargo, Nishino sabía cómo lidiar con ello. Yo tenía la teoría de que «una persona desprevenida jamás debe adentrarse en el mundo de las amas de casa», pero por lo visto había empleados de empresas que también sabían desenvolverse en ese terreno.

Nishino no era un tipo desprevenido. Es más, al tercer día del curso tenía a todas las señoras en la flor de la vida de su lado. Cuando entraba en el aula, las mujeres en la flor de la vida se precipitaban en tropel hacia Nishino. A las que no acudían a él, sino que se quedaban mirando de soslayo, si Nishino les sonreía, ellas le devolvían la sonrisa multiplicada por tres (la sonrisa de las mujeres en la flor de la vida es grande, tanto física como metafóricamente).

Al principio me pareció sospechoso. La estampa de una foca macho rodeada por un séquito de hembras no era demasiado agradable a la vista. Pero, poco a poco, fui asumiendo que las focas hembras cortejaban al macho porque ellas querían. Saltaba a la vista que lo hacían con júbilo. Incluso era posible que la foca macho se sintiera perdida entre tanta hembra. Sin embargo, una vez se dejaban llevar por el impulso, nadie podía desembarazarse de ellas. Ni siquiera la foca macho en cuestión.

La situación me resultaba cada vez más divertida. A menudo aparecen en las revistas para mujeres frases rompedoras como «Una mujer entregada a algo es una mujer hermosa», y la verdad es que aquellas mujeres entregadas a Nishino eran hermosas. Incluso se daba la paradoja de que la señora Kobayashi no lo criticaba por haber pasado de los treinta y no estar casado. Porque Nishino tenía treinta y siete años. Treinta y siete años y sin casar. Vida de soltero en la ciudad. Empleado de empresa atractivo. Yukihiko Nishino.

«¡Mira por dónde, la señora Sayuri Sasaki!» Fue la primera vez que se dirigió a mí. Cuando, acabada la película, la sala de aquel cine de arte y ensayo se iluminó, Nishino estaba sentado a mi lado.

Invadida todavía por esa sensación de felicidad que se produce cuando terminas de ver una película, me quedé mirando a Nishino perpleja. Me sorprendió que supiera mi nombre. Pero oculté mi alegría y, siguiendo las normas de comportamiento propias de una mujer experimentada y en la flor de la vida, le pregunté de inmediato qué hacía allí, en vez de estar en el trabajo. Después de aquello, no tenía el más mínimo derecho a criticar a la señora Kobayashi por ser descarada.

Nishino titubeó un rato y luego, en pocas palabras, me dijo: «Me he escaqueado».

No me dio ninguna explicación formal, como había hecho con las mujeres del curso de ahorro energético en la cocina. Un rato después, mientras nos tomábamos un café en una cafetería, me dijo: «Es que tú, Sayuri, eres diferente de las otras señoras».

El «eres diferente a los demás» es la típica frase para camelar a alguien. Está escrito en los manuales. Yo siempre había pensado que nunca picaría. Pero tampoco me habían dicho nunca nada por el estilo, así que no había podido comprobar si realmente esas palabras ejercerían o no algún efecto en mí.

En ese momento aprendí la lección de que, por desgracia, yo también era humana. En el instante en que Nishino me soltó esa frase, le perdoné todo. A pesar de que, por ahora, no había nada que perdonar.

Perdoné su pasado, su presente y todo su futuro.

Mientras nos tomábamos el café Nishino y yo hablamos de la película que habíamos visto. Luego charlamos sobre el curso y un poco sobre los escritores que habíamos descubierto recientemente. Entre los autores que mencionó Nishino había uno que también me gustaba a mí y otro que yo detestaba. Para cuando terminé mi bebida, había dejado de detestarlo tanto. Nishino me llamó varias veces por mi nombre de pila, Sayuri.

«¿Siempre llamas a las mujeres por su nombre de pila?», le pregunté. «Más o menos a la mitad», contestó él. Las palabras «a la mitad» me dejaron cortada. Desde luego no esperaba que dijera «solo a ti», pero al menos quería que me dijera «a muy pocas». Me sorprendió que algo así me afectara.

Había sido una tarde de sorpresas: me sorprendió que existieran hombres como Nishino, capaces de ponerse en la piel de una mujer. Me sorprendió que, sin ser plenamente consciente de ello, me hubiera puesto a interpretar el papel de «mujer madura atractiva». Me sorprendió descubrir que los celos y el apego pueden manifestarse en cualquier relación humana, por insignificante que sea lo que se sienta hacia la otra persona.

¿Insignificante? ¿De veras era insignificante lo que sentía por Nishino? Todavía hoy no lo sé. En aquel entonces, aún menos.

De repente, Nishino y yo empezamos a comunicarnos por teléfono.

Bien pensado, mi relación con él se reducía prácticamente a las llamadas: cuando terminaba de hacer la colada, a esa hora en que el interior de la casa da la impresión de volverse blanco; mientras preparaba la cena, a esa hora en que la neblina de mi mente aumenta ligeramente su espesor; a medianoche, cuando me levanto para ir al baño, me desvelo y, sentada en el sofá de la salita, me quedo mirando al vacío. En esos momentos, Nishino me llamaba por teléfono como si estuviera espiándome por un agujero en la pared. Para mí, ese detalle fue decisivo. Su manera de llamarme hizo que al final considerase a Nishino alguien único e irrepetible.

Nishino debía de tener un sexto sentido muy desarrollado. Cuando mi marido estaba al lado o mis hijas venían de visita y me traían a mis nietos, jamás llamaba. Seguramente porque yo no lo quería. Suponiendo, en cambio, que estuviese al lado de mi marido y quisiera hablar con él a escondidas, lo más probable es que Nishino me hubiera llamado.

Era un hombre capaz de satisfacer deseos de los que las mujeres ni siquiera eran conscientes, pero que él rescataba en lo más profundo de sus corazones. Así era él. Como si se tratara de algo trivial. Llamaba a la hora deseada. Llamaba con la frecuencia deseada. Te halagaba con los vocablos deseados. Te daba los mimos deseados. Te reñía del modo deseado. Cosas que, como son triviales, ningún hombre consigue desempeñar con éxito. Él las realizaba sin ningún trabajo. Era un tipo odioso. Tanto para los otros hombres como para las mujeres.

Sí. En el fondo de sus corazones, las personas odian a quien sobresale en todo. Nishino solía hablar de la chica con la que salía en ese momento. Contaba adónde iban. Qué comían. De qué modo lo había cortejado (las chicas se acercaban a él como las polillas a un foco de luz, apenas sin ser conscientes de estar dando el primer paso). Cómo habían hecho el amor. Qué le había reprochado. Y, finalmente, cómo todo había acabado mal.

Al parecer, sus relaciones duraban medio año a lo sumo y dos semanas como mínimo. Si las chicas no aguantaban demasiado tiempo con él no era porque Nishino se cansase de ellas. En todos los casos, al final, eran ellas las que lo abandonaban.

Poco a poco, empezaban a hacerle reproches: «Quiéreme más», «Es que siempre estás en las nubes», «Eres frío». Siempre había frases de ese estilo en sus bocas. Creo que, en el fondo, odiaban la perfección de Nishino. Esa perfección intachable e indefinible.

—¿No eres capaz de desembarazarte de ese manto de frialdad y amar a una persona? —le pregunté en una ocasión.

—Tú, Sayuri, ¿alguna vez has amado así a alguien? —replicó Nishino con otra pregunta.

Lo dijo en un tono grave. Sentí un escalofrío. Nunca había sentido escalofríos hablando por teléfono con él, pero a menudo los sentía antes de recibir sus llamadas. ¿He dicho ya que Nishino era dueño de un extraordinario sexto sentido? En esa época, por extraño que parezca, yo también lo había desarrollado.

—Sí —le contesté tras pensármelo un rato.

¿Quién se me habría pasado por la cabeza en ese instante? Intenté vislumbrar algún rostro, pero no brotó ninguna imagen concreta. Quién será, me extrañé. No cabía duda de que había una figura. Estaba ahí, aunque no consiguiera enfocarla. ¿Quién podría asegurarme que no era el propio Nishino? Quizá fuera él. O quizá no. Nadie, ni yo misma, lo sabía.

A partir de cierto momento, sus llamadas se interrumpieron.

En la época en que me comunicaba con él por teléfono, no había abandonado la mentalidad del ahorro, la buena relación calidad-precio y la ganga. La capacidad de «separar unas cosas de las otras» abunda en el ser humano, particularmente en las amas de casa. Seguía celebrando el ritual entre vecinas con la señora Kobayashi y tampoco descuidaba la tarea de arrancar malas hierbas. Estaba orgullosa de no haber faltado ni una sola vez al curso de ahorro energético. Preparaba y servía piel de rábano blanco sofrito con soja y azúcar o un salteado chino con las hojas exteriores del repollo y mandaba las recetas a mis hijas por fax. Desconozco si luego ellas probaban a hacerlas o no.

Una semana después de que hubiera dejado de llamarme, empecé a extrañarme de que no lo hiciera. En realidad, ya me lo había dicho el cuerpo, pero mi cabeza no había querido reconocerlo. Nishino estaba faltando al curso de cocina (hasta entonces había asistido a todas las sesiones, y yo me había alegrado inmensamente de ello), cosa que todas las participantes lamentábamos.

En la siguiente sesión, nos enteramos de que Nishino había abandonado el curso. Yo también lo supe ese día. Desde que me había dado cuenta de que no me llamaba, no había vuelto a recibir una sola llamada suya.

¿De qué me habló Nishino la última vez que charlé con él? De alguna trivialidad. De un perro que había tenido en el pasado. Del aroma del perfume que usaba la chica con la que salía. ¿A qué suena el mar de noche? Seguro que me habló de cosas por el estilo. Igual que siempre. Jamás hablaba de cosas importantes. Aunque en el mundo apenas existen cosas que importen. De hecho, puede que no exista ninguna.

Sufrí tres meses pensando en él. Entre tanto, nunca falté al curso de cocina, ni descuidé la labor de limpiar las malas hierbas o mis relaciones con el vecindario. Mientras proseguía con mi vida de ahorro, ganga y buena relación calidad-precio, no dejaba de pensar en la voz grave y tierna de Nishino.

Un día, a punto de terminar esos tres amargos meses, me hallaba parada delante de una tienda de mascotas situada justo en el centro de una galería comercial. No es que estuviera preguntándome de qué raza sería el antiguo perro de Nishino. Solo estaba allí mirando distraídamente los perros. Las mujeres en la flor de la vida pensamos de un modo mucho menos abstracto de lo que la gente cree.

Dentro de la tienda había una hilera de acuarios con peces tropicales y peces de colores. Yo me metí en la tienda con la mente en blanco. Recordé que mi hija mayor había comprado allí una tortuga. Le había puesto de nombre Dory y había vivido mucho tiempo. Al lado del tanque de los *guppy* había otra pecera de *marimo**. Estaban en el fondo y los había grandes y pequeños. Estiré el brazo y toqué la superficie del agua. Todos permanecían quietos. «Los *marimo* crecen en el fondo de los lagos —escribió mi hija pequeña una vez para una redacción de la escuela—, ¿se sentirán solos?».

¿Se sentirán solos? Mientras los observaba, repetí esa pregunta varias veces para mis adentros. Por alguna extraña razón, me dije que Nishino se parecía

---

* *Aegagropila linnaei:* alga verde con forma de bola. *(N. del T.)*

mucho a un *marimo*. Durante un instante, animada por el recuerdo de Nishino, pensé en comprar uno y colocarlo encima de la cómoda de la sala de estar, expuesto a la luz del sol, pero al final desistí. Las mujeres en la flor de la vida solemos tener una mentalidad mucho más sólida de lo que la gente cree.

Mientras contemplaba los *marimo*, recordé el timbre de su voz. Sus caprichos. Lo entrañable que era. Recordé todo lo que podía recordar de él. Y, por último, recordé ese momento en que se lo perdoné todo. Lo recordé todo de él, hasta el final, hasta quedarme a gusto.

Al acabar de pensar en él, supe que ese periodo amargo se había terminado. Nishino era solo un buen recuerdo. Así lo sentí, aunque sabía que era mentira.

Recapacité y me di cuenta de que, de ese modo, pervivirían solamente los buenos recuerdos.

Si de aquí a diez años sigo viva, compraré un *marimo*. Lo meteré en una pequeña pecera de cristal y lo pondré en un sitio bien iluminado.

Las luces empezaban a encenderse en la galería comercial. Estaba anocheciendo. ¿Seguiré viva dentro de diez años? ¿Me acordaré de su voz dentro de diez años?

Adiós, Nishino, dije en voz baja, y me despedí del acuario de *marimo* sacudiendo la mano. Al salir de la tienda, todos los locales de la galería estaban iluminados. Era de noche y me mezclé entre el gentío de la calle.

Las uvas

Nishino suspiraba a la menor ocasión.

—Dentro de treinta millones de años, toda esta zona va a quedar pegada a la galaxia de Andrómeda —dijo, y soltó un suspiro.

—Con toda esta zona, ¿a qué te refieres? —le pregunté, y él volvió a lanzar un hondo suspiro.

—Me refiero a la zona que comprende la Tierra, el Sol, Plutón y otros muchos astros que están un poco más lejos.

—Y que quede pegada a Andrómeda ¿supone algún problema?

—Sería siempre de día, porque de noche no oscurecería.

Lo miré a la cara y había fruncido el ceño en un gesto serio.

—Me parece estupendo que no oscurezca de noche —dije yo en voz baja. Nishino negó con la cabeza.

—Yo no concibo un mundo sin oscuridad.

Mientras decía eso, me tiró del pelo. Él debía de considerarlo una especie de muestra de afecto. A mí no me hacía ninguna gracia que me tirase del pelo.

Nishino me explicó que en Andrómeda hay muchísimas estrellas y nunca se hace de noche. Es de día las veinticuatro horas. Está lleno de luz. No hay sombra, prosiguió Nishino, y volvió a suspirar.

—Entonces, ¿tampoco habrá días nublados? —le pregunté.

—Bueno, días nublados sí que los habrá.

—¿Y días de lluvia?

—Supongo que también lloverá.

—Entonces está bien —le dije. Me gustan los días de lluvia. Y los días nublados, aún más. Pero la primera vez que me encontré con Nishino hacía un sol abrasador.

Finales de verano. Enoshima. Yo trabajaba a tiempo parcial en el chiringuito que unos familiares tenían en la playa. Los fines de semana, sábado y domingo completos. Acudía todas las semanas, sin falta, a Enoshima, desde que el chiringuito abría a principios de julio hasta que cerraba a mediados de septiembre. En parte lo hacía por aburrimiento, ya que, aunque esa primavera había aprobado la prueba de acceso a la universidad a la que aspiraba, al empezar el curso me di cuenta de que no me gustaba y prácticamente no pisaba las clases, con lo cual acabé llevando una vida desordenada, pero la verdad es que siempre me había gustado aquel chiringuito. Desde la secundaria, trabajaba allí en verano.

Nishino iba acompañado de una mujer. Tendría poco más de treinta años, muy estilosa y con el pelo corto. Él andaba por los cincuenta y cinco, así que ella era mucho más joven, pero como Nishino aparentaba menos años de los que tenía, apenas se notaba la diferencia de edad.

Cuando la gente llegaba a Enoshima y se ponía el bañador, por muy chic que fuera cuando iba vestida, todos se convertían en «especímenes de japoneses comunes» y comían moluscos a la parrilla y lucían encantados los llaveros artesanales hechos con conchas que vendían en las tiendas de *souvenirs*.

Sin embargo, la mujer que iba con Nishino era un poco diferente. Una pulsera dorada adornaba su fino tobillo. Llevaba las uñas de los pies pintadas de azul marino. Tenía el aspecto de una japonesa común, pero su porte hacía pensar en un lugar muy distante de Enoshima. Por ejemplo, en una isla desierta de nombre ignoto en los Mares del Sur. O en una playa de arena blanca invadida casi hasta la orilla del mar por un bosque sombrío.

—Es que esa chica parecía estar siempre levitando en el aire. Era como si no perteneciera a ninguna parte —me contestó Nishino más tarde, cuando le di mi impresión sobre ella.

—¿Por qué rompisteis, con lo estupenda que era? —le pregunté, y Nishino se rio con la boca cerrada.

—Porque me enamoré de ti, Ai*.

—Cuando te enamoras de otra, ¿eres capaz de romper enseguida con la anterior? —le pregunté en voz alta, y Nishino abrió los ojos. Se quedó mirándome fijamente a la cara. Sus ojos me decían: «Eres muy chapada a la antigua para la edad que tienes».

—Enseguida, no —contestó poco después.

—Entonces ¿andas con dos a un tiempo?

—Eso es lo que yo quiero, pero ellas, por lo general, no me lo permiten.

—¿Qué haces entonces?

—Al final me acaban dejando. Las dos.

En un par de semanas, algún detalle hace que se descubra el engaño y surja la discordia. Un mes más

---

* Además de ser un nombre de mujer, la palabra *ai* significa «amor». *(N. del T.)*

tarde, la chica con más carácter (a veces la que tiene menos carácter) resuelve marcharse. El periodo durante el cual la otra chica conserva la sonrisa se prolonga, de media, tres meses. Al cuarto mes, el entusiasmo de la victoria desaparece, la chica reflexiona con calma sobre las veleidades pasadas de Nishino y comienza a recriminarle el engaño. Al quinto mes, empieza a reprocharle seriamente no solo el engaño, sino también su falta de decisión y su arraigada tendencia a la infidelidad. Al sexto mes, le dice: «Ya no confío en ti. Sigues gustándome, pero me haces sufrir», y se marcha.

—El «desenlace final» se produce en aproximadamente seis meses —dijo Nishino entre risas—. Es como una ley física. ¿Por qué al final todas las chicas, delgadas, rellenas, permisivas, estrictas, hermosas, con rasgos peculiares, a las que les gusta el pescado y a las que solo quieren comer carne cruda, siempre reaccionan del mismo modo, como si siguieran una especie de protocolo oficial?

Nishino se encogió de hombros.

La que debería haberse encogido de hombros era yo, frente a un señor que, en la cincuentena, tan solo pensaba en chicas, como los adolescentes de mi generación.

—¿En serio crees que todas las chicas somos iguales? —le pregunté.

—¿Acaso me equivoco? —contestó despreocupado—. Al menos, las que yo he conocido al final son todas iguales.

Eso es porque todas las chicas que salen contigo son unas sosas, pensé por un instante, pero sentí que estaba faltando al respeto a esas chicas de rostro desconocido. Por mucho que una trate de buscarlas, apenas existen «chicas sosas». Al menos, son mucho más raras que los «chicos sosos». Si lo mencionara en voz alta, Nishino se reiría de mí. Me diría: «Tienes unas ideas muy fijas, ¿sabes, Ai? ¿No me digas que eres una defensora de la supremacía femenina?» o algo por el estilo, así que preferí cerrar la boca.

—¿Estás enfadada? —me preguntó Nishino. Porque yo me había quedado callada—. Supongo que la única diferente eres tú —prosiguió.

Eso de «tú eres la única diferente» está muy visto, pensé yo. Desde luego, Nishino, pareces el típico timador que se casa con una persona para robarle el dinero.

—Hay algo en ti diferente de las demás que he conocido, Ai —sonriendo, Nishino me dio un beso. Yo lo recibí con los ojos cerrados.

Si soy diferente de las demás, seguro que es porque no albergo ningún sentimiento amoroso hacia ti. De hecho, no solo hacia ti, sino que todavía no he sentido amor por ningún chico. Me agrada charlar, tomarme una copa o ir al cine con ellos, pero jamás ha habido uno que me gustara especialmente, que haya sido incapaz de sacármelo de la cabeza. Y eso que ya tengo dieciocho años.

Sí. A Nishino lo conocí en el chiringuito. A la semana siguiente a su aparición con la chica estilosa de pelo corto, volvió a pasarse. Esta vez solo.

—¿Me recomiendas algún bar por aquí cerca? —esas fueron las palabras con que se dirigió a mí la primera vez. Qué pinta este señor aquí, pensé yo.

—Tiene uno a un paso de aquí, al otro lado de la estación —le contesté con seriedad, no obstante.

—¿A qué hora terminas de trabajar? —volvió a preguntar él.

Yo me callé. Nadie me obligaba a darle esa información a un desconocido. Al darme la vuelta para entrar de nuevo, Nishino me pidió perdón por encima de mi hombro.

—Lo siento, he sido un descarado —dijo con voz suave.

Cuando, recordando aquello más tarde, le dije que se le notaba la experiencia de los años, él asintió. Cuando te haces mayor, te das cuenta de que la cortesía y la sensatez nunca deben ser una fachada. Además, por muy cortés que se sea, las relaciones pueden desmoronarse fácilmente. La verdad es que los humanos somos muy complejos, dijo con un suspiro.

Puse en duda que Nishino fuese tan cortés con los demás (principalmente con las mujeres), que se comportase con sensatez con los demás (principalmente con las mujeres). Conmigo no había sido cortés, ni me había demostrado que su comportamiento fuera sensato. O eso creía.

—¿Te has echado novio? —me preguntó Kikumi poco después de que empezara a verme con Nishino.

—Qué va —le contesté, y ella se quedó mirándome fijamente a la zona de la nuca.

—Entonces, ¿cómo es que últimamente apenas estás en casa? ¿Por qué llama tanto un tipo que solo dice «soy yo», sin dar su nombre? ¿Por qué a veces hueles a esa clase de perfume que por lo general nunca te echas? —dijo Kikumi de un tirón.

—Pareces una chica reprendiendo a un chico por ponerle los cuernos —cuando le di mi impresión, Kikumi entornó los ojos.

—¿Qué tal es él? —me preguntó escudriñando mi cara.

—Normal.

—¿Cómo es? ¿Tiene coche o moto?

—Creo que no.

—¿Es amable?

—Mmm, bueno...

—¿Qué hacéis normalmente?

—La mayoría de las veces voy a su casa.

—¿Dónde vive?

—En la zona de Taitō.

—Mmm —dijo Kikumi—. Pues sí que tiene clase. ¿Es un tío más bien casero? —dijo mientras daba un sorbo a su té verde tostado.

La conocí cuando entré en la universidad. Se sentaba a mi lado porque estábamos en la misma especialidad y ella se apellidaba Kasahara y yo, Kase.

Kikumi tampoco se pasaba demasiado por la facultad. Como iba y venía desde la casa de sus padres, solía visitar mi piso. «Es que, en casa, mis padres son unos pesados. Si hago que voy a clase, se quedan tranquilos. No tienen ni idea de que me escondo en tu casa.» Kikumi dio otro sorbo al té.

Ella es lesbiana. Solo ha pasado medio año desde que acepté mi propia condición de lesbiana, así que todavía no somos novias formales. La segunda vez que vino a mi piso, Kikumi empezó a hablarme poco a poco del tema. «Como me da la impresión de que podrías ser lesbiana, Ai, he decidido confesártelo.»

«Creo que te equivocas. A mí nunca me ha gustado un chico, pero tampoco las chicas. Todavía no tengo claro si soy homosexual o heterosexual, pero quizá sea heterosexual. Aunque no hay ninguna prueba que lo demuestre.»

Hablaba con tanta prudencia que Kikumi se echó a reír. «Eres muy rigurosa, Ai. Seguro que se te da bien estudiar.»

Claro que sí. Me gusta estudiar. Una vez saqué dieces en todo. Al decirle eso, Kikumi soltó un pequeño «¡oh!».

«¡Impresionante! Entonces, también se te darían bien la música y la gimnasia.»

Los dieces en todo los saqué en el primer trimestre del primer curso de secundaria. En música no había examen práctico y en la clase de gimnasia jugamos al *ping-pong* todo el trimestre. No tengo buen oído y soy patosa para los deportes, pero se me da bien jugar al *ping-pong*. La principal fuente de ingresos de los familiares que llevan el chiringuito en Enoshima es un pequeño *ryokan* que tiene una mesa destartalada de *ping-pong*. Desde que estaba en primaria, solía entrenarme a fondo contra mis primos mayores. Huelga decir que aquella había sido la única vez que saqué dieces en todas las asignaturas.

«En cualquier caso, deberías ir de frente con ese chico —dijo Kikumi con cara de circunstancias—. A menudo, Ai, parece que vas de frente, pones esa cara de "te estoy mirando", pero la mayoría de las veces tienes la cabeza en otra cosa distinta».

«Vale, intentaré ir de frente en la medida de lo posible», le prometí a Kikumi, mientras me decía para mis adentros que entre el «chico» que ella se imaginaba y Nishino debía de haber un abismo.

Nishino se alegró cuando le conté mi conversación con Kikumi. Se alegró más de lo que me esperaba.

—¿Sabes? No sé qué me pasa últimamente —dijo Nishino.

Los dos estábamos metidos en su cama. Según él, «nos compenetrábamos bien». Si él lo dice, seguramente sería cierto. Me he acostado con un montón de mujeres, pero tú eres la mejor, me decía. Si piensas que uso a menudo la expresión «la mejor», estás muy equivocada. Porque tan pronto como se les dice que son las mejores, toman conciencia de todas las chicas con las que he estado. Algo tan serio no se puede decir así a la ligera. Por su forma de hablar, no sabía si Nishino se estaba vanagloriando o si se rebajaba a sí mismo.

Le contesté con un resoplido. Yo no tenía ni idea de si el sexo con Nishino era bueno, malo o regular. No es porque no lo hubiera hecho antes, pero no disponía de tantas muestras como para juzgar su calidad.

—¿Te gusto, Ai? —me preguntó Nishino mientras me besaba el cuello.

—Sí —contesté yo sin esperar ni un segundo.

Si me ponía a pensar, me surgirían dudas. De Nishino había aprendido que mientras se hacía el amor nunca se debía pronunciar palabras o realizar acciones ambiguas. ¿Sabes, Ai? A mi edad, el ímpetu es fundamental, me explicó una vez.

Cuando ese ímpetu se interrumpe, no hay nada que hacer. Todo se va a pique, como si se lo tragara una grieta en el suelo. No hay posibilidad de que resurja.

Al principio no supe de qué me estaba hablando, ya que mi experiencia se limitaba a chicos de diecimuchos y veintipocos años. Ya muy avanzada la conversación, por fin me di cuenta de que se refería a las erecciones. Me cogió por sorpresa, ya que estaba convencida no solo de que los hombres podían tener una erección en cualquier momento, sino de que además, aunque no quisieran, la tenían igualmente.

Eres muy sincero, le dije un poco admirada. Es que la sinceridad, la cortesía y la sensatez son fundamentales: Nishino recurrió a la opinión de siempre. No sé qué mosca te ha picado conmigo, Nishino. ¿Qué es lo que atrae a un adulto como tú de una criatura indefinida como yo? ¿Será precisamente esa falta de definición?, susurré yo un día, y tras pensárselo, Nishino hizo un gesto negativo con la cabeza.

Eres más madura que cualquier mujer adulta, y más pura que la más casta de las muchachas, dijo Nishino. ¡Qué ocurrencias tienes!, dije yo sorprendida, y Nishino me abrazó. Durante un rato me sostuvo con fuerza entre sus brazos.

Siempre había tenido la duda de si Nishino no se estaría inventando alguna fantasía con respecto de mí. Una fantasía a su gusto, distinta a como yo era en realidad.

No soy dado a ensoñaciones, me diría él. Por eso, a mi edad, nunca me he casado con nadie, ni jamás he vivido uno de esos amores intensos y pasionales. Seguro que me diría algo así. Sin embargo, daba toda la impresión de estar soñando. Aunque no sé con qué.

Nishino y yo nos pasamos toda la tarde en la cama. Había faltado a la empresa para quedar conmigo. Soy incapaz de esperar hasta la noche, solía decirme en esa época. Necesito ver tu cara. Quiero sentir tu aliento en mi mejilla. Escuchar tu voz directamente, me susurró al oído. ¿Qué me está pasando?, prosiguió. ¿A ti te gusto, Ai?, me preguntó lo mismo de hacía un rato. Sí, me gustas, volví a responder yo con la misma prontitud. Nishino frunció el ceño. Luego, después de menearse un rato, se corrió. Eyaculó diestramente sobre mi vientre. Le dije que se pusiera un condón, pero no me hizo ese favor. Sin embargo, afirmó que, cuando se acercase la ovulación, no lo haríamos bajo ningún concepto. De hecho, llegado el momento, ni siquiera insinuaba la posibilidad de hacerlo.

—Se la está jugando —me dijo Kikumi. Le había contado a retazos que últimamente Nishino estaba obsesionado conmigo—. Si sigue faltando tanto, lo despedirán.

—La empresa es pequeña, pero él es como el jefe, así que no lo despedirán —contesté en un tono inseguro, a lo que ella abrió los ojos en un gesto de enfado.

—Pero ¿qué clase de persona es?

Después de interrogarme, me hizo prometerle que le presentaría a Nishino. Me vine abajo. Mientras me viera a solas con él, podía hacerme a la idea de que nuestra relación era algo que en realidad no existía, algo que cuando intentabas atraparlo desaparecía como un espejismo provocado por el calor.

Una relación efímera. Eso me gustaba. Pero quedar con alguien más estando juntos implicaba que, desde fuera, nos reconocieran como «pareja», y tenía la sensación de que, en ese instante, nuestra relación se convertiría en algo como una factura clavada con una chincheta a la pared que, aunque de modo circunstancial, está ahí y algún día habrá que pagar.

El día que quedamos los tres, Kikumi traía unos tacones altísimos. Con ese calzado, era más alta que Nishino. En los brazos, el cuello y los dedos, se había puesto el doble de alhajas que de costumbre. También tenía una gruesa capa de maquillaje. ¿Será una especie de disfraz, como cuando hay una fiesta popular?, me pregunté.

Kikumi escudriñó la cara de Nishino con una mirada adusta. Él le aguantó la mirada. Yo me senté a un lado, ensimismada. De pronto, me acordé del ángulo que formaba el pene Nishino cuando tenía una erección.

Estábamos en la cafetería que Kikumi nos había indicado. Ella pidió un café sin pensárselo, así que nosotros hicimos lo mismo. Hacían un café muy bueno en aquel local. Los rayos de sol inundaban todo el interior a través de la cristalera. Sobre la mesa había un vaso de cristal con dos tulipanes blancos.

Al principio, estuvimos callados. Kikumi se pidió otro café. Nosotros, imitándola, hicimos lo propio. Nishino se reía. Tenía el gesto totalmente serio, pero por debajo de la piel se reía entre dientes. Yo tenía ganas como de llorar. Era absurdo. Kikumi y yo habíamos vivido menos de la mitad del tiempo que él había vivido. Encima, Nishino no me gustaba demasiado. Quizá.

—¿No tenéis hambre? —dijo por fin Nishino. Al estar allí sentados sin decir nada, el tiempo pasaba y, sin que nos diéramos cuenta, estaba anocheciendo.

—Sí que tengo —me apresuré a decir yo. En realidad, no tenía demasiada hambre.

—Yo no tengo hambre, pero me tomaría un trago —dijo lentamente Kikumi. Sus labios eran preciosos. De un color rosa púrpura brillante—. ¿Qué es lo que te atrae de Ai, Nishino? —preguntó luego como si fuera la salida más natural a aquella conversación.

—¡Ja! Eso me gustaría a mí que me explicara alguien —contestó él tranquilamente. Como si fuera la salida más natural a aquella conversación—. Es posible que ahora mismo me encuentre en la situación más demencial que haya vivido nunca —dijo Nishino con una serenidad impropia de alguien demencial como él.

Kikumi clavó la vista en Nishino, y este le aguantó la mirada. Como dos personas profundamente enamoradas.

Yo sorbí lo que quedaba de café. Solo quedaba un poquito, pero tardé muchísimo tiempo en terminarlo. Se oyó un ruido estridente que procedía de la barra. Debían de estar moliendo café. En ese momento sentí la necesidad apremiante de amar a Nishino. Quería quererlo como él me quería a mí. Pero estaba claro que no lo amaba. El molinillo eléctrico no paraba de hacer ruido.

—Escucha, ¿por qué no te matas conmigo?

¿Cuándo fue la primera vez que me lo dijo? En esa época ya me estaba planteando ir a Enoshima, así que habría transcurrido un año, más o menos, desde que nos habíamos conocido. Aunque apenas pisaba las aulas, ese curso había completado todos los créditos, puesto que había procurado escoger el máximo número de asignaturas en las que se valoraran más los exámenes y los trabajos que la asistencia. Saqué un montón de sobresalientes. Después de todo, me gustaba estudiar. Había cumplido los veinte. Seguía sin ir a la facultad y quedaba con Nishino tres veces por semana.

Él había empezado a reconocer que, «efectivamente, si sigo quedando contigo en pleno día, la empresa se va a ir a pique», y ahora quedábamos solo los domingos, el día entero, y dos noches durante la semana. «Es que el director de la empresa no puede descansar los sábados —dijo con aire fastidiado—. Si llego a saberlo antes, no monto la empresa. Me habría puesto a las órdenes de otros, procurándome una sinecura, y me pasaría todo el rato contigo», dijo Nishino medio en serio.

—A partir de julio, voy a ir a Enoshima, así que no podremos vernos los domingos —le dije, y Nishino empalideció.

—¡No me hagas eso! —gritó. Luego puso un gesto de turbación por haber gritado—. ¿Qué narices me pasa? —soltaba a menudo—. Es que hasta ahora jamás había amado a una chica, en el sentido verdadero de la palabra —siguió diciendo con voz grave—. Aunque eso de «sentido verdadero» carece de sentido —dijo Nishino riéndose un poco. La cara que ponía cuando se reía era mi preferida. Sus rasgos proporcionados se deformaban y le daban un aire de indefensión.

—No voy a matarme contigo —le contesté.

—Pero me preocupa dejarte sola.

—Yo misma puedo poner fin a mi vida. Para empezar, no me gusta esa expresión, «dejarte sola».

—Me fastidiaría que hicieras el amor con otros.

—Si me lo propusiera, ahora también podría hacerlo en cualquier momento.

Después de haber contestado eso de manera automática, me contuve. Estaba siendo mala con él, y yo detesto tanto que se sea malo conmigo como ser mala con los demás.

Nishino volvió a poner un gesto de turbación.

—Pero ¿qué estoy diciendo? Estoy hablando como ellas —dijo, y soltó un suspiro—. Venga, ¿nos acostamos ahora? —preguntó.

Y sin atender a mi respuesta, lo hicimos a lo bruto. Me gusta el sexo a lo bruto, pensé. Me gusta más el sexo a lo bruto con Nishino que el propio Nishino, pensé. Pero el sexo con Nishino probablemente incluyese al propio Nishino. Como estaba viendo que iba a empezar a comerme el tarro, me detuve a mí misma. Ante todo, no debía cortar el «ímpetu».

Nishino terminó de hacerme el amor rápido y a lo bruto. Metidos en la cama, nos acariciamos la barriga el uno al otro. Él la tenía blanda. Yo, dura.

—Escucha, ¿por qué no te matas conmigo? —volvió a decirme Nishino con una voz ligera.

Yo agucé el oído para comprobar si en esa ligereza se escondía algún atisbo de locura. Nishino repitió unas cuantas veces más, con esa misma voz, por qué no nos matábamos juntos.

A finales de agosto, Kikumi y Nishino vinieron a visitarme a Enoshima. En esos días, había un trasiego tremendo ya de buena mañana. *Trasiego* es una palabra extraña. Qué trasiego, probé a susurrar tres veces. También se lo dije a Kikumi y Nishino. Los dos se rieron mientras bebían *amazake**.

Nishino y Kikumi clavaron la sombrilla en la playa. Él estuvo todo el rato acostado sobre la arena. Ella se metía en el agua de vez en cuando. Yo, en medio de aquel trasiego, ni siquiera tenía un ratito para escaparme y estar con ellos.

Al anochecer, las olas se encresparon un poco y, cuando por fin la gente se retiró, pude sentarme por primera vez en todo el día y contemplar la marea. Pese a que la festividad de los difuntos, el *O-bon,* ya había pasado y la época de las medusas estaba a punto de llegar, un montón de gente seguía acudiendo a la playa.

Por lo general, nadie se bañaba, sino que se quedaban sentados bajo las sombrillas. Se despiden, dijo Nishino esa noche. Se despiden del verano que se va.

Al hacer un barrido con la vista, de la marea a la playa, vi cómo Nishino y Kikumi yacían acostados el uno al lado del otro bajo la sombrilla. Kikumi tenía las piernas largas. Recientemente se había echado novia. Era tres años mayor que ella y trabajaba en una oficina. Kikumi me había dicho que le pirraba.

---

* Bebida dulce con poca graduación alcohólica hecha a partir de arroz fermentado. *(N. del T.)*

Fue en mi piso, un día, mientras tomábamos té de cebada tostada. Qué bonito es eso de estar enamorada, ¿eh?, prosiguió Kikumi. Para serte sincera, antes pensaba que Nishino y tú no hacíais buena pareja, pero ahora sé que no es así, dijo Kikumi, acelerando un poco en la última parte. Cuando te enamoras, prácticamente deja de importar qué edad tenga la otra persona, qué vicios tenga, cómo sea su personalidad. Los labios de Kikumi, de un color rosa bebé, brillaban.

Kikumi y Nishino parecían un padre y una hija muy bien avenidos. Qué relax, dijo Nishino esa noche. No sabes cómo me he relajado. Kikumi es una buena chica. Me gusta todo este mundo que te rodea, Ai, dijo Nishino conmovido. El mundo es algo que cada uno construye con sus propios medios, y me gusta de ti que estés rodeada por este mundo tan maravilloso. Nishino me tiró suavemente del pelo.

No es para tanto, contesté yo con indiferencia. Qué pegajoso se pone Nishino a veces, pensé vagamente. Me daba pereza. Quizá se debía a que llevaba trabajando todo el día sin descanso. Cerré los ojos al momento y me quedé medio dormida. Nishino se acodó junto a mí. Notaba cómo observaba mi rostro adormilado. Me di la vuelta. Nishino siguió contemplando el perfil de mi cara.

En el momento en que sugerí que quizá estuviera loco, me pareció muy probable que así fuera. Todos tenemos nuestro punto de locura, naturalmente. Lo extraño sería que alguien no lo tuviese. Pero, desde luego, era evidente que Nishino estaba fuera de sus cabales.

—¿Acaso no te lo dije yo mismo hace algún tiempo? —dijo Nishino entre risas.

Agarré la gruesa cadena que se extendía desde el grillete prendido al tobillo y le di un tirón. Nishino me lo había puesto a finales del otoño, alegando que no permitiría que me escapara. La llave estaba en el cajón superior de una cómoda, al alcance de mi mano. Si quieres liberarte, puedes hacerlo en cualquier momento, me explicó. ¿Por qué haces esto?, le pregunté, y Nishino apartó la mirada. Quizá para disgustarme a mí mismo, contestó al cabo de un rato.

De modo que me pasaba la mayor parte del tiempo en casa de Nishino. Leía, estudiaba. Escuchaba la radio, llamaba por teléfono a Kikumi. Sería muy fácil librarme de la cadena, pero por alguna razón no me apetecía hacerlo. Creo que tenía la impresión de que, tan pronto como me la quitase, Nishino se saldría de verdad de sus casillas. Si cooperábamos, aquello era un secreto entre los dos. Pero si uno se desmarcaba, se convertía en mera locura.

¿Qué tiene de malo la locura?, dijo Kikumi al otro lado de la línea. El amor implica locura, en mayor o menor medida. Kikumi simplemente pensaba que Nishino y yo estábamos medio amancebados. ¡Qué envidia! A mí también me gustaría vivir con alguien un día, igual que tú, Ai, murmuró Kikumi.

Nishino era muy amable conmigo. En esa época ya casi no hacíamos el amor. ¿Todo esto no te recuerda a esa novela, *El coleccionista*?, le pregunté una vez.

No, yo no colecciono nada, contestó escuetamente Nishino. Luego me desnudó y me acarició despacio los pechos, la espalda, las piernas. Yo no llevaba ropa interior, ya que en casa de Nishino siempre hacía la temperatura ideal.

Oye, me voy a marchar.

¿Cuántas veces pensé en decírselo y al final no se lo dije? Tenía la sensación de que podía poner fin a aquello cuando yo quisiera. Te quiero, me dijo Nishino. Es fácil querer a una chica. ¿Cómo es que hasta ahora fui incapaz?, dijo tan tranquilo. Luego abrazó mi cuerpo desnudo.

Yo no quería a Nishino. Puede que ni siquiera me gustase. Si pensaba en su muerte, no derramaba ni una lágrima. Simplemente me decía que algún día ocurriría, como era natural. Nishino me abrazaba con fuerza. Estaba llorando. ¿Por qué llorará?, pensé absorta.

Mañana, mañana sí que me marcho. ¿Cuántas veces tomé la resolución para mis adentros? A pesar de que sabía que al día siguiente tampoco me marcharía. Lo único que hacía era permanecer en casa de Nishino, acurrucada, como un pequeño insecto en estado de hibernación.

Pero a todo le llega su final.

Las uvas, dijo Nishino. Yo tenía fiebre. Me había resfriado. Nishino tosía desde hacía varios días, y me había contagiado el catarro. Él, sin embargo, no tenía fiebre y cada día asistía al trabajo en buena forma.

Te prepararé un zumo de uvas, dijo Nishino antes de salir del piso y cerrar la puerta con llave.

Existen distintas escuelas en lo que se refiere a qué es mejor cuando te acatarras. Algunos dicen que los melocotones en almíbar; otros, la manzana rallada. Yo creo que lo mejor son las uvas, dijo Nishino todo contento.

La palabra *escuelas* me hizo gracia y me reí. Al reírme, me dio un ataque de tos. A las uvas, se les quitan las semillas y se exprimen en una licuadora. Antiguamente, cuando no había licuadoras, se exprimían con una gasa. Aunque a lo mejor no funciona con la tos. Es eficaz contra la fiebre, pero no sé si contra la tos, murmuró Nishino mientras se disponía ilusionado a salir.

Yo, medio dormida por culpa de la fiebre, me imaginé unas uvas. Granos grandes de color morado. En el jardín de la casa donde crecí había una parra y, al llegar el verano, los escarabajos revoloteaban sobre ella. Pese a que las uvas todavía eran pequeñas, de un color verde claro, los insectos enseguida se las comían y las derramaban por el suelo. Al acabar el verano, tan solo quedaban unos pocos racimos sin comer. Las uvas de nuestra parra eran pequeñas, tenían demasiadas semillas y sabían amargas.

De pronto me dije que tal vez sí amase a Nishino. No, mentira, el catarro me está afectando, pensé acto seguido. Me pasé un rato medio adormilada hasta que sonó el teléfono.

Lo dejé sonar, porque había decidido no atender llamadas, pero saltó el contestador y una voz mecánica de mujer dijo: «Ahora mismo no estoy en casa». Me gustaba bastante la voz femenina del contestador que había en casa de Nishino. Me quedé escuchándola, cuando, casi solapándose con la voz de la mujer, se oyó la voz de Nishino.

—¿Ai? —repitió varias veces.

Yo me levanté tambaleándome y me puse al aparato.

—¿Ai? —dijo Nishino.

—Sí.

—Perdona que te haya hecho levantarte.

—¿Qué pasa?

—He tenido un accidente.

—¿Cómo?

—Creo que me voy a morir.

Su voz era tan jovial como hacía un rato, cuando salió por la puerta. Pensé que era una broma.

—Nunca me has querido, ¿verdad? —dijo con la misma alegría desde el otro lado de la línea.

—Eso no es cierto —respondí yo de inmediato, sin pensar. Era un vicio que había cogido.

—No pasa nada. Lo entiendo perfectamente, porque tú y yo nos parecemos.

Le respondí con un gruñido:

—Déjate de esas cosas y tráeme las uvas —dije con intención de colgar.

—Espera. Yo quería morirme contigo, pero no ha sido posible. La verdad es que he tenido una vida patética.

Se interrumpió la llamada. A lo lejos se oyó la sirena de una ambulancia. Yo, que no comprendía nada, me dejé caer sobre la cama.

Me di cuenta de que estaba teniendo un pico de fiebre. Entre sueños, tuve la certeza de que Nishino había muerto de verdad. No sé por qué, pero lo sentí adentro.

Tenía ganas de uvas, susurré, y a continuación caí en un ligero pero pertinaz sueño. Qué bien que hoy no me haya puesto el grillete, pensé en el último momento.

El funeral fue extraordinario. Acudieron muchos «contactos comerciales» a ofrecer incienso, de modo que tuve que hacer cola durante un buen rato. Aquí y allá, mezcladas entre los «contactos comerciales», también aparecieron varias mujeres totalmente desvinculadas del «mundo de los negocios».

Además, estaba allí la mujer que una vez acudió a Enoshima con Nishino. Todavía llevaba la misma pulsera de oro en aquel bello y fino tobillo, por debajo de las medias negras.

—Tú eres Ai, ¿no? —yo ya había quemado las varillas de incienso y me hallaba en la parte de atrás del templo, suspirando, cuando la mujer de Enoshima vino a hablarme. Lucía alguna arruga más que la vez anterior, pero la verdad es que era muy guapa—. Así que se ha muerto.

—¿Sabe lo nuestro? —le pregunté, y la mujer de Enoshima asintió.

—A veces quedaba con él y me hablaba de ti.

—¿Se veían a menudo?

—Más o menos una vez al mes.

Típico de Nishino. Me dio un poco la risa. A mí me encadenaba y el muy listo se veía con antiguas amantes.

—Pero solo íbamos a comer —añadió la mujer de Enoshima sonriendo—. Tú nunca quisiste a Nishino, ¿verdad? —dijo mirándome a los ojos.

No estaba obligada a responder sobre algo así a una desconocida, pero aquella mujer me caía bien. No sé por qué.

—Quizá —contesté despacio.

—Le está bien empleado —susurró la mujer de Enoshima. Yo me quedé callada—. Pero lo siento por ti, por lo que te has perdido.

—¿Cómo? —dije yo—. ¿Qué quiere decir con eso?

—Aunque querer a Nishino no reportaba demasiados beneficios, tenía su punto placentero. Era una condena por la que merecía la pena pasar —dijo la mujer, y soltó una carcajada.

Su risa era cristalina. Yo no me reí. En vez de reírme, pensé en las uvas.

¿Qué clase de uvas pretendía comprarme? ¿Moradas, verdes, de grano pequeño? Tenía ganas de que las exprimiera y me diera él mismo el zumo fresco con una cuchara.

Nishino, lo llamé en mi corazón. Nishino, confieso que no te quería. Perdóname, le dije. Tuve la sensación de haber oído un suspiro, pero fue imaginación mía.

Dentro de treinta millones de años, no habrá noche en el mundo. Al oírme decir eso, la mujer de Enoshima puso cara de sorpresa. ¿Ah, no?, dijo ella, y a continuación me dio la espalda. No, le dije yo mientras se marchaba.

No. Dentro de treinta millones de años, todo esto se convertirá en un mundo sin tinieblas. ¿Y qué puedo hacer yo, eh? Dime, ¿qué puedo hacer yo?

El termómetro de mercurio

Me gustaría hablar de Nishino.

Era un chico peculiar. De esos chicos que hasta entonces nunca había conocido ni jamás volveré a conocer. En aquella época yo creía que personas como él las había a patadas, pero no era así. Él decía de mí que era entrañable; sin embargo, yo nunca pensé lo mismo de él. ¿Dónde estará y qué estará haciendo ahora? Puede que siga vivo o no, quizá ya haya muerto, pero su presencia sigue viva en mi corazón, de modo que, al fin y al cabo, me da igual que esté vivo o muerto.

Yukihiko Nishino. Dieciocho años en aquel entonces. Sin méritos ni deméritos que se le conocieran. Sin ningún talento en particular. Sano. Aficionado a meterse se cilindros de hormigón abandonados.

—¿Tú no serás Nozomi Misono?

Fueron las primeras palabras que me dirigió.

Su voz me llegó justo desde arriba y yo abrí ligeramente los ojos. A tercera hora no tenía clase y me había tumbado sola en el césped del jardín del patio. Un lugar sombreado con matas de jazmines. Justo en esa estación, estaban cuajadas de pequeñas flores de un amarillo pálido y, al sentarte un rato a su lado, sentías el aroma que despedían.

—Sí, soy yo, ¿y tú quién eres? —le pregunté incorporándome.

—Yo soy Yukihiko Nishino. Estoy en primero de Económicas.

—Ah —dije yo mirándolo fijamente. Llevaba el pelo, liso y tirando a castaño, bien corto. Vestía unos pantalones vaqueros con una camiseta blanca y encima una camisa vaquera de manga larga abrochada hasta el tercer botón.

No me sonaba de nada. Solo conocía a dos chicos de la facultad de Económicas y los dos estaban en tercero, como yo.

—No soy un tipo sospechoso —dijo Nishino con los ojos abiertos de par en par.

—Que tú mismo digas que no eres sospechoso te hace sospechoso —contesté yo riéndome, y Nishino también se rio.

—Es que he ido al mismo instituto que tú.

—Ah —asentí.

En el instituto, yo fui presidenta de la asociación del alumnado. En aquella época era raro que una chica fuese presidenta y, aunque ya habían pasado más de dos años desde que había dejado el instituto, al volver a casa todavía me topaba a menudo con alumnos que habían coincidido conmigo en la misma época y venían a saludarme (tanto caras conocidas como desconocidas).

En casa era en cierta medida «famosa», pero al matricularme en aquella universidad de Tokio me había convertido en «una estudiante más del montón». A las elecciones para presidir la asociación me había apuntado por pura curiosidad: quería probar una vez en mi vida cómo era desempeñar esa función. Sin embargo, resultó que recibí una cantidad de votos sin precedentes. En esa época, ser mujer y ocupar una función como esa significaba mucho. A partir de entonces, me convertí en una celebridad en el centro.

Al entrar en la universidad, por fin me liberé de esa incómoda sensación. Para ello puse cuidado en elegir una universidad del montón, poco famosa. El objetivo era no encontrarme con nadie que hubiera ido al mismo instituto.

—Perdona la impertinencia, pero ¿es verdad que te acuestas con cualquiera?

Nishino me hizo la pregunta abriendo todavía más los ojos. En aquel entonces yo desconocía que Nishino tenía la manía de abrir los ojos en los momentos en que se ponía muy serio, sin que hubiera ni una pizca de frivolidad en su actitud.

—¿A ti tu madre no te ha enseñado que no solo es impertinente esa clase de preguntas sino también esa manera de mirar a los demás? —dije yo, y con la parte dura del lomo de *Termodinámica I* le arreé con todas mis fuerzas en la espinilla.

Nishino dio un alarido y se agachó. La mata de jazmines se agitó y algunas flores se cayeron. Yo me levanté despacio, me sacudí las briznas de hierba y me eché a andar sin dirigirle la mirada.

Transcurrido un mes, volvimos a vernos.

Él iba al lado de una chica por el pasillo que conduce a la Facultad de Letras. Me pareció que aquella chica no pertenecía a nuestra universidad.

Es decir, que era una chica «mona». En nuestra universidad también había muchas chicas monas, naturalmente. Pero esas chicas eran monas «del montón», igual que la calidad de nuestra universidad era «del montón».

La chica que acompañaba a Nishino destacaba y sobrepasaba de lejos el montón. Era mona a ojos vistas.

Debía de ser una veterana con una larga experiencia en ser mona. No mostraba ni el más mínimo titubeo acerca de su naturaleza de chica mona.

—¡Eh! —Nishino levantó la mano.

—¡Eh! —repetí yo. No me interesaba relacionarme con un tío impertinente, pero me llamó la atención que fuese capaz de traer a una chica de aquel nivel al campus de una universidad que no era la suya.

—Hola —la chica que iba a su lado me saludó inclinando la cabeza. Nishino se mostraba relajado. Tenían pinta de una pareja casada desde hacía varios años.

—¿Es tu novia? —le pregunté.

—Sí —contestó Nishino con pachorra—. Se llama Kanoko-chan.

—Deja de añadirle *chan* a mi nombre —le reprochó la chica con una voz jocosa, y a continuación me brindó una educada sonrisa.

Ha sido un error, pensé. Debí aparentar que no lo conocía y pasar de largo.

—Yo soy Misono. Hasta luego —retrocedí un paso e intenté marcharme. Nishino seguía impasible, como siempre.

—Ah —dijo Kanoko-chan.

Miré solo con el rabillo del ojo para no tener que volverme hacia ellos.

Kanoko-chan se sentía confusa. Inesperadamente, se había dado cuenta de que me resultaba incómodo seguir estando con los dos. Y lo que menos me esperaba es que se sintiera mal por ello.

En tal circunstancia, no podía irme de allí sin más, así que me detuve en plena fuga.

—Me alegro de haberte conocido —dijo Kanoko tras titubear un instante.

—Yo también —asentí, casi dándoles la espalda.

Al oír mi voz, Kanoko se distendió.

A veces me pregunto qué pensarán los chicos de esa especie de apacible «relación equilibrada entre fuerzas psicológicas», semejante a la diplomacia entre dos países, que existe entre las mujeres. Aunque supongo que la mayoría no piensa nada. De hecho, ni siquiera se imaginarán que exista algo semejante.

Tal como me esperaba, Nishino se quedó allí parado, con una pulcra sonrisa en la boca.

Esta vez sí que me di la vuelta y les di la espalda. Oí cómo Nishino decía «vámonos». Kanoko no respondió nada, pero oí sus pasos acompasados y supe que se habían echado a caminar juntos, uno al lado del otro.

Yo me dirigí deprisa hacia la Facultad de Ciencias, que estaba en un extremo del campus.

Desde entonces, pasé mucho tiempo sin volver a toparme con Nishino. De haber seguido así, jamás habría vuelto a acordarme de él.

Pero pasó lo del cilindro. Por culpa del cilindro volví a encontrarme con él.

Esa semana estuve liadísima. El lunes había estado con Minakawa. El martes al mediodía, con Suzuki, por la tarde con Kaneko y, al volver a casa pasada la medianoche, Munakata vino a visitarme. El miércoles y el jueves los pasé sola, porque estuve en el laboratorio hasta tarde, pero el viernes y el sábado me quedé a dormir en casa de Nakashima.

Con todos me acosté, por supuesto.

No sé si acostarse con cinco chicos a la semana se aparta mucho de la norma o si es más habitual de lo que parece. En cualquier caso, la respuesta a la pregunta de Nishino sobre si me acostaba con cualquiera era «no».

Yo no me acuesto con cualquiera. Jamás me he acostado con alguien que no atrajera mi interés, ya que siempre hago el amor por una cuestión de pura curiosidad. Del mismo modo que cuando me presenté a la candidatura para presidenta de la asociación del alumnado del instituto.

El caso es que esa semana pasé un rato de intimidad con cada uno de esos cinco chicos. Lo bueno de acostarse con alguien son esos momentos de intimidad. Los chicos se familiarizan conmigo. Me expresan su afecto. Se vuelven un poco descorteses. Se vuelven simples. Y, si todo sale bien, se enamoran de mí.

El domingo lo pasé sola. Los domingos son días de descanso. Hago la colada, limpio, cocino, me pongo a ver en la televisión algún partido de béisbol en directo o un maratón; en la época en que hay sumo, veo sumo. Mi curiosidad no tiene límites, pero pasar las veinticuatro horas con gente cansa.

Al anochecer, salgo al parque del barrio. Es un parque amplio. Tiene un área de juegos para niños y una parte en la que la vegetación crece a su antojo.

Siempre voy a esa zona de campo abierto. Me planto en medio, con la hierba haciéndome cosquillas en los tobillos, y observo el columpio y el tobogán. A esa hora no hay nadie en el parque. El columpio se mece con el viento. Oigo el chirrido de las cadenas y el roce de la hierba.

De vez en cuando, me metía en los grandes cilindros de hormigón abandonados. En una zona donde la hierba era particularmente espesa, había varios tubos de esos a la intemperie. Tenían más de un metro de diámetro. La primera vez que los vi se me ocurrió que se debía de estar muy a gusto dentro y, sin pensármelo dos veces, me metí en uno. Insisto en que siempre soy fiel a mi curiosidad.

Aquel domingo también me metí en un tubo. Abrí un álbum de fotografías que llevaba conmigo y, apoyando la espalda contra la redondez de su pared, me puse a ver las fotos en blanco y negro. Estaba oscuro, porque me había adentrado un poco más que de costumbre. Me pasé un buen rato con el libro abierto por una página con una fotografía de una playa con decenas de gatos. El contraste entre el negro y el blanco era mayor en esa página y resultaba más fácil de ver en la penumbra.

De pronto debí de quedarme dormida.

—¡Pero si es Misono! —una voz hizo que me sobresaltara. Me di un golpe en la cabeza contra la pared del cilindro.

—¡Ay! —grité de dolor.

—Uy, perdona —dijo el dueño de esa voz—. Aunque ahora estamos empatados.

Mientras me frotaba la cabeza, miré hacia la entrada del tubo: el dueño de la voz se había agachado con intención de entrar. Estaba a contraluz y no le veía la cara. Pero me hacía a la idea de quién era.

No cabía duda de que el dueño de aquella voz pulcra e impersonal era Nishino.

—En este cilindro se está muy a gusto —dijo Nishino justo a mi lado.

El sol ya casi se había puesto. Mis ojos se habían acostumbrado a la oscuridad y veían claramente la silueta de Nishino, pero para él, que acababa de entrar, el interior del tubo debía de estar prácticamente negro. A tientas, apoyó la espalda contra la pared.

—A mí también me gustan estos cilindros. Normalmente los domingos me los paso metiéndome en ellos —dijo Nishino.

—¿O sea que siempre te han gustado? —dije yo sorprendida—. Qué raro eres.

Como estábamos pegados el uno al otro, sentía su calor. Al estar dos, el interior del tubo resultaba muy relajante. Igual que cuando estaba sola. No tenía la sensación de estar con otra persona. Se parecía quizá un poco a lo que se siente cuando se hace el amor.

—Perdona lo del otro día —dijo Nishino escudriñando mi cara. Su vista debía de haberse acostumbrado lo bastante a la oscuridad. Sus dedos rozaron mi flequillo.

—¿A qué te refieres con lo del otro día?

—La pregunta que te hice.

—Más que la pregunta en sí me extrañó que un desconocido como tú me hablara como si conociera mi vida sexual —le respondí.

—Es que me lo contó Minakawa.

—¿Ah, sí? —dije yo. Minakawa creo que era el chico con quien había estado el lunes de esa semana. O no. ¿Había sido el martes? No lo recordaba. Era uno de los dos chicos de Económicas que conocía. Siempre había sospechado que se iba de la lengua y ahora se había confirmado—. Pero ¿por qué has venido a preguntármelo directamente? —le pregunté tras un breve silencio.

—Por saber —contestó él. Tenía los ojos abiertos de par en par. La misma expresión que cuando me hizo aquella pregunta la primera vez.

—¿Qué querías saber?

—Cómo se consigue amar a alguien.

—¿Cómo? —repliqué yo. Encima, me lo preguntaba dentro de un cilindro. Una de las cosas más trascendentales en esta vida. ¿Qué narices le pasa a este chaval?

Con la sorpresa, me entró hipo. Tras hipar con fuerza varias veces, empecé a emitir hipidos suaves cada pocos segundos, como un géiser.

—No puedes parar, ¿eh? —dijo Nishino con una risa insinuante.

—No, no puedo —contesté yo entre hipos.

—Te ayudaré.

Tan pronto como lo dijo, me levantó el mentón y acercó sus labios a los míos. Su lengua se coló en toda mi boca y empezó a moverse.

Nishino estuvo probando de todo durante un rato.

—Nada, parece que no se me pasa —dije yo después de que nuestras caras se separasen, y Nishino se puso de morros.

—Está claro que no valgo para nada. Ni siquiera soy capaz de quitarte el hipo —habló en un tono realmente triste. Pensé que estaba bromeando, pero lo decía más en serio de lo que parecía.

—¡Cómo eres! —me reí yo. Dentro del tubo. Mientras le daba unos golpecitos en sus mejillas infladas.

Pensé que desde hacía un momento estaba empezando a sentir una gran curiosidad por aquel chico. ¿Quieres venir a mi casa?, le pregunté rápidamente. Me contestó que sí. Avanzamos a gatas hasta la salida del cilindro. Fuera ya había anochecido. Sin darme cuenta, había dejado de hipar.

Sin embargo, ese día, Nishino y yo no nos acostamos.

Lo invité a cenar. Freí huevos con jamón y los acompañamos con una guarnición de patatas que había dejado guisadas. También tomamos sopa de *miso* con tofu. Creo que evité tener relaciones sexuales inconscientemente, porque los domingos eran mi día de descanso.

En vez de eso, interrogué a Nishino sobre su vida.

—Sé que es raro hablar de esto con una chica a la que prácticamente acabo de conocer, y siempre que quiero contárselo a alguien, jamás lo consigo —esos fueron sus prolegómenos.

—No nos acabamos de conocer —dije yo, y Nishino asintió. Con los ojos abiertos de par en par.

—Cierto. Pero para ti, Misono, es como si me acabaras de conocer. Aunque...

Después de decir ese «aunque», Nishino ladeó la cabeza. Qué chaval más raro, pensé. Me llamaba la atención. Sin embargo, resultaba un tanto incongruente.

—Aunque para mí no es el primer contacto contigo, Misono. Porque me resultas muy cercana y me traes recuerdos —dijo Nishino tranquilamente.

—¿Cómo? —volví a replicar yo—. ¿Por qué tienes que encerrarte así de pronto en tu propio mundo, como hiciste en ese cilindro?

—Ah, tienes razón, lo siento —se disculpó con sinceridad—. Es que de veras me traes muchos recuerdos, Misono Nozomi. Bueno, no quiero decir que esos recuerdos estén directamente relacionados contigo... En efecto ha sido brusco por mi parte. Pero...

Tras ese «pero», Nishino me contó, en resumen, la siguiente historia:

Nishino tenía una hermana doce años mayor.

Su hermana se había casado cuando él era un niño.

Varios años después dio a luz una niña.

Medio año más tarde, el bebé murió repentinamente por una enfermedad congénita del corazón.

La relación conyugal, que no era demasiado estable, se complicó.

Desde la muerte del bebé, la salud de su hermana se resintió.

Su hermana volvió a casa de sus padres.

Tres años atrás, durante el verano del primer curso de instituto, su hermana se suicidó.

Desde entonces, además de los remordimientos por no haber podido hacer nada por su hermana, empezó a preguntarse si no habría estado enamorado de ella.

Mi rostro era idéntico al de su hermana.

—¿Ah, sí? —dije con prudencia una vez terminé de escucharlo.

Ni siquiera se me había pasado por la cabeza que pudiera esconder una historia así dentro del sano e impecable sistema de músculos y piel que lo envolvía.

Nishino traía un apetito voraz y me contó aquella historia mientras daba buena cuenta de los cuatro huevos con jamón que él mismo me había pedido. Me habló de una manera tan desenfadada que daban ganas de preguntarle si estaba bromeando.

—Debió de ser muy duro —dije yo con suma prudencia.

Los consejos vitales no eran mi especialidad. Igual que los análisis sobre sentimientos incestuosos, por supuesto.

—Oye, ¿te apetece que nos acostemos?

Al acabar de hablar, Nishino se había quedado muy ensimismado y probé a preguntárselo. Estaba tan ensimismado que me asusté un poco.

—No, no puedo hacerlo contigo. Al menos de momento, porque todavía no sé si quería hacer el amor con mi hermana —contestó Nishino todo serio.

Pensé en decirle que yo no era su hermana, pero cambié de idea.

Nishino cogió una manzana de la cesta que había sobre la mesa del comedor y le dio vueltas en la mano.

—¿Quieres que la pele? —pregunté, y él asintió.

—Si es posible, te agradecería que me cortaras un trozo con forma de conejo. Ya sabes, con la piel hacia fuera como si fuesen las orejas de un conejo.

—Vale. Aunque no sé si me saldrá bien —contesté yo mientras empezaba a pelarla, y Nishino observó feliz cómo yo manejaba el cuchillo.

—Es que mi hermana solía hacerme conejos, dijo riéndose.

—¿Qué? —tragué saliva, y Nishino puso unos ojos como platos.

—No, soy plenamente consciente de la situación. No pienses que estoy imaginándome nada sospechoso.

—Esa manera de decirlo resulta en sí sospechosa —contesté yo al siguiente instante con alegría.

Al relajarme tras ese momento de tensión, el cuchillo estuvo a punto de caérseme. Lo agarré de nuevo con fuerza sin que Nishino se diera cuenta, hice dos conejos y los coloqué delante de él. El resto de la manzana simplemente lo pelé y me lo comí.

Durante un rato, el ruido de nuestros mordiscos llenó la estancia.

—Pero ¿por qué? —me preguntó Nishino.

Al final, el día siguiente habíamos hecho el amor. Pese a que me había prevenido de que «al menos de momento no podía».

Nishino se quedó remoloneando en mi piso, pero al final desistí de intentar echarlo y dejé que se quedara a dormir. Y eso que al único al que permitía quedarse era a Munakata, que tenía mujer e hijos, ya que sabía que al tener familia no lo tomaría por costumbre.

Nishino era dueño de una libido tan voraz como su apetito.

Munakata y otra gente me habían dicho que todos los hombres alrededor de los veinte años están ávidos de sexo, pero en realidad existía una gran diferencia entre cada individuo. Había chicos que manifestaban su deseo igual que Nishino y otros que apenas se interesaban por el sexo. La apetencia sexual de Nishino superaba a la de cualquier otra clase de chico. En su libido había, cómo decirlo, una especie de «tenacidad» de la que los demás carecían.

Aunque una libido tenaz no conlleva necesariamente buen sexo, con él estuvo bien. Pensé vagamente que Nishino prometía, que quizá tendría un gran porvenir. Pero ¿qué clase de porvenir es ese?, me pregunté a mí misma riéndome entre dientes.

—¿De qué te ríes? —me preguntó Nishino.

—De nada —contesté, y él puso gesto de descontento. En ese sentido era igual que cualquier otro chico.

—Pero ¿por qué te acuestas con tantos hombres? —me preguntó pausadamente una vez que hicimos el amor, mientras tirábamos del edredón hasta la barbilla, en disposición de quedarnos dormidos.

—¿Y qué pasa contigo y Kanoko? —objeté yo.

—Ah, es verdad —dijo Nishino sorprendido—. Ahora que lo dices, supongo que esto es lo que se dice estar con dos a un tiempo.

Fruncí el ceño y le contesté que no dijera estupideces. Podría haberme reído, pero no lo hice, porque sabía que Nishino se había quedado desconcertado de verdad. Durante el tiempo que habíamos estado juntos, se había olvidado por completo de Kanoko.

—Todavía no he intimado tanto contigo como para que se pueda decir que estás con dos a un tiempo —contesté sin darle mayor importancia. Me preocupaba lo de Kanoko. No me caía mal, en absoluto. Si en esa circunstancia tuviera que sentir aversión hacia alguien, sería más bien hacia Nishino.

—Es que no quiero que lo nuestro se limite a esto —dijo él.

—Que sea lo que el destino quiera —dije yo con apatía.

Recordé la pregunta que Nishino me había hecho: ¿Cómo se consigue amar a alguien? Y eso que tú eres capaz de amar con tanta facilidad, lo maldije para mis adentros.

Y eso que eres capaz de hacerlo todo con facilidad, pensé. En ese momento, el pulcro Nishino me repugnó. Me repugnó tremendamente, incluyendo el «buen» sexo con él. Quise decirle que se largara. Pero no lo hice. Porque sabía que, en el fondo, que sintiera repugnancia hacia él significaba que sentía repugnancia hacia mí misma.

Nishino era frío. Y esa frialdad estaba forrada con una capa cálida, lo cual era mucho peor que si hubiera sido completamente frío. Equivalía, por ejemplo (era idéntico), al hecho de que yo pretendiera querer a todos los chicos con los que me apetecía acostarme, cuando en realidad lo más probable es que no quisiera a ninguno.

—Tu hermana se va a poner triste.
Nishino empalideció.
—Qué mala eres, Nozomi —susurró.
—Es verdad —contesté sonriendo.
Nishino se vistió y se marchó. Durante mucho tiempo no tuve noticias suyas.

Poco a poco, fue cambiando la gente con la que me acostaba.

Con Minakawa se terminó —al darme cuenta de que se iba de la lengua, me alejé de él—, Kaneko se licenció y nos distanciamos, Munakata estaba ocupado con el trabajo, y los reemplazaron Hakozaki, Taishō y Nozue. Para cuando se sumaron Nekoda y Minakata, el número de «mis hombres amados» había alcanzado el tope y, en cuarto curso, el elenco de miembros se fue fijando de forma progresiva.

A algunos de ellos les había declarado abiertamente que amaba a varios chicos; a otros no les había dicho nada, aunque ellos sospecharan algo. El decírselo o no dependía de la naturaleza del chico.

No hubo ni un solo chico al que yo juzgara que debía decírselo y que mostrara una fuerte repulsa al hecho de que yo saliera con otros. No sé si eso demostraba su falta de apego hacia mí o, más bien, era un gesto de magnanimidad, de no querer atarse a las cosas, pero al menos se podía decir que mi capacidad para juzgar a los demás era excelente. Tal vez el único con el que fallé un poco fue Minakawa, que dejó de caerme bien porque se iba de la lengua.

Así pasaba yo los días, sin mayor novedad. Prácticamente me había olvidado de Nishino. Por eso, cuando transcurrido un año volví a verlo, me sorprendió recordar que me había acostado con él al día siguiente de aquel insólito encuentro en el cilindro de hormigón.

Nos topamos de casualidad en los baños unisex de una *izakaya** en los aledaños de la universidad.

—Nozomi, yo... Me siento vacío —dijo tan pronto como vio mi cara. Como si nos hubiéramos visto el día anterior.

Seguía siendo un tío que se abstraía en su propio mundo fácilmente.

—¿Ah, sí? —contesté yo en un tono frío.

Estaba como una cuba. Le apestaba el aliento a alcohol.

—Enseguida se me sube a la cabeza —susurró Nishino y, al siguiente instante, aprovechando un descuido, me besó frente al lavabo sin vacilar, como si nos hubiéramos visto el día anterior—. Escapémonos juntos de aquí —dijo con un hilo de saliva colgándole de la comisura de los labios. Saliva líquida y transparente.

—Ni hablar —contesté.

—Pues entonces sé mi amante.

—Lo dices como si escaparnos juntos y ser amantes fueran antónimos, y no lo son.

—¿Tú crees? —dijo, y abrió los ojos como platos. Estuvo meditando un rato.

Pasé de aquel borracho y le di la espalda con intención de volver a mi asiento. En ese mismo instante, para mi sorpresa, Nishino se echó a llorar a lágrima viva.

---

* Especie de bar para comer y beber, normalmente frecuentado a partir de la tarde y, sobre todo, de noche. *(N. del T.)*

Nishino lloraba a grito pelado. No lloraba como lo haría un universitario. Parecía el llanto de un niño de cinco años.

—Nozomi, estoy triste —no paraba de decir gimoteando.

—Basta —murmuré. Pero mi voz no llegó a sus oídos. Nishino se limitaba a llorar.

—Dime, ¿por qué no hay manera de parar este mundo? —me preguntó.

—Vete tú a saber —le contesté. Su llanto apagó mi voz y no me oyó.

—No lo soporto más.

—Ya veo —asentí yo siguiéndole la corriente. Era lo único que podía hacer.

—Se supone que un día serás una científica, ¿no, Nozomi? Dime entonces por qué el mundo es así.

—No creo que llegue a ser científica. No podré.

—Entonces, cada vez será más difícil detenerlo.

—Sí —dije—. Es cierto, no hay manera de parar el mundo. Pero eso es porque, desde que tuvo lugar el Big Bang, el universo no ha dejado de expandirse, así que no hay remedio —le respondí seriamente para intentar consolarlo.

—¿El universo no deja de expandirse? —preguntó con los ojos como platos.

—Eso dicen.

—Entonces, ¿qué hay fuera, al otro lado del universo en expansión?

—¿Fuera?

—Sí. Más allá del extremo de ese universo en expansión, en la zona que todavía no es universo.

Me quedé sin palabras. No había pensado en ello. ¿Qué habrá en el espacio más allá del mundo? ¿Un vacío? ¿Estará realmente vacío? Y ¿en qué consiste en concreto el vacío?

—Fuera del universo seguramente no haya nada —contesté al fin.

No hay nada. Sea como sea, nada. Me enfrenté a Nishino mentalizándome a fondo. Si no se quiere perder contra un niño crispado de cinco años, hay que adoptar el mismo nivel de crispación.

—¿Ah, sí? Entonces, ¿el que no se pueda detener se debe a que fuera no hay nada? —dijo Nishino tranquilamente unos instantes más tarde. Por fin había vuelto a su voz habitual. Ya no lloraba—. Perdóname, Nozomi —dijo tras un momento de silencio—. Hacía tiempo que no lloraba. Creo que desde la muerte de mi hermana.

Al oír sus palabras, sin querer a mí también se me llenaron los ojos de lágrimas. Puede que el llanto de Nishino fuera contagioso.

—Menudo suplicio —dije dándole la espalda. Salí de los baños sin volver la vista atrás.

Al regresar a mi asiento, los chicos de la clase cantaban una canción picante. Yo solté un suspiro y me serví una copa de sake caliente. Y, mientras suspiraba una y otra vez, me tomé a sorbos el alcohol, que se había enfriado.

Solo volví a ver a Nishino en otra ocasión. Fue en la víspera de mi graduación.

Vivía en un lugar bien comunicado para ir al trabajo, de modo que no necesité mudarme, y, al contrario que mis compañeros, agobiados en esa época, me pasaba los días a la bartola.

Llamaron a la puerta. Algo extrañada de que no hubieran usado el telefonillo, abrí ligeramente la puerta con la cadena puesta.

—Hola —dijo Nishino por la fina rendija abierta.

—Hola —contesté yo, y solté la cadena.

Nishino entró en mi piso como si nada. Los chicos reaccionan de mil maneras diferentes al entrar por primera vez en casa de una chica, pero el número se multiplica cuando se trata de una chica con la que ya se han acostado.

Nishino entró con la actitud adecuada, sin mostrarse demasiado confiado y sin tomar excesivas precauciones. Está claro que este chaval tiene un gran porvenir, pensé.

—Toma, te he traído esto —dijo, y sacó del bolsillo un objeto fino de color plateado que brillaba.

—¿Un termómetro?

Sobre la palma de su mano había un termómetro de mercurio metido en una de esas viejas carcasas con capuchón azul claro.

—Sí. Era de mi hermana.

—¿Eh? —tragué saliva—. No puedo aceptarlo —dije automáticamente.

—Me imagino que te dará repelús, pero... —dijo Nishino, y se rio.

—Pues sí, me lo da —contesté sin reparo.

—Desde que mi hermana murió lo he usado yo —Nishino intentó justificarse de un modo un tanto extraño.

—Eso me produce todavía más repelús —dije yo, y él se rascó la cabeza.

—¿No lo quieres? Conserva el calor de mi piel.

—Otra vez tú y tu mundo.

Mis palabras le hicieron reírse a carcajadas. Luego se quedó un poco confundido. Había elegido un momento dudoso para venir a traerme aquel objeto de dudoso gusto.

Ese día cenamos juntos —las sobras del curry del mediodía— y nos despedimos sin acostarnos.

He ahí todos los detalles de lo que pasó con Nishino.

Aún hoy sigo pensando de vez en cuando que era un chico peculiar. No llegamos a intimar demasiado. Pero la sensación que me dejó fue de absoluta familiaridad. Parecía sensible. Pero, en ciertos aspectos, era un inconsciente.

Supongo que así es como son los niños. A propósito, justo antes de dormirnos, el día en que nos encontramos dentro del cilindro, me dijo: «Ojalá el bebé de mi hermana hubiera sido un niño y no una niña». Cuando le pregunté por qué, Nishino, tras permanecer callado un instante, respondió: «De ese modo, hubiera sido mi reencarnación».

«¿Por qué? Tú ya habías nacido y eras mayor. ¿Cómo sería posible que te hubieras reencarnado?» Al decirle eso, Nishino frunció los labios y repuso: «Por lo menos, habría podido autoproyectarme en él».

Al día siguiente, mientras me lavaba los dientes, Nishino se acercó a mí por detrás y me dijo que se lo había pensado mejor. «¿El qué?», le pregunté con el cepillo en la boca, y Nishino dijo: «Lo que está muerto no se puede resucitar, así que no sirve de nada pensar en el pasado. En vez de eso me convertiré en mi hermana y daré a luz una niña».

«Eso es todavía menos factible», sentencié yo, y Nishino agachó la cabeza. «Sea como sea, no me resignaré», dijo, y agachó muchísimo la cabeza. A lo mejor, ese día acabé acostándome con él por ese gesto de abatimiento.

No he vuelto a tener noticias de él. Al final accedí a quedarme con el termómetro de mercurio que casi me había metido en las manos. De vez en cuando me miro la temperatura sin venir a cuento. Generalmente me indica unos valores normales.

Cuando, después de usarlo, sacudo la muñeca para que el mercurio baje, el termómetro corta el aire y produce un leve ruido. Cada vez que oigo ese sonido, no puedo evitar pensar en qué habrá sido de su vida.

¿Habrá podido reunirse con su hermana y el bebé?

¿Habrá descubierto qué hay más allá del universo en expansión?

¿Habrá podido amar a alguien en vida?

¿Habrá encontrado su sitio en este mundo imparable?

Índice

Parfait	7
Entre la hierba	23
Buenas noches	49
Palpitaciones	71
El reino de finales de verano	87
Tsūtenkaku	109
Profundamente	127
Marimo	141
Las uvas	155
El termómetro de mercurio	179

Índice

Prólogo
Lona la bruja
Buenas noches   19
Explicaciones   37
El niño del fondo del campo   67
Engendros   109
Profundizando   127
Marina   141
La viuda   155
El intrónomo de ancianos   179

«Para viajar lejos no hay mejor nave que un libro».

EMILY DICKINSON

Gracias por tu lectura de este libro.

En **penguinlibros.club** encontrarás las mejores recomendaciones de lectura.

Únete a nuestra comunidad y viaja con nosotros.

penguinlibros.club

penguinlibros